Moritz Marquardt 6d

Arena-Taschenbuch
Band 51164

Ebenfalls in dieser Reihe erschienen:
Kings of Chaos. Fit wie ein Faultier (Band 2)
Kings of Chaos. Bleib locker, Stinktier! (Band 3)

Ebenfalls vom Autor beim Arena Verlag erschienen:
Knapp vorbei ist auch daneben - Ein genialer Chaot packt aus
In der Faulheit liegt die Kraft - Geniale Chaoten fallen nicht vom Himmel
Chaos ist das halbe Leben - Ein verkanntes Genie auf der Überholspur
Erst der Spaß, dann das Vergnügen - Geniale Chaoten bringt nichts auf die Palme
Ein genialer Chaot feiert Weihnachten - Zwei Geschichten in einem Band
Stille Nacht, alles kracht - Ein genialer Chaot überlebt Weihnachten
Henry Vegas - Klassenfahrt durch die Galaxie (Band 1)
Henry Vegas - Gefangen auf dem Straßenplaneten (Band 2)
Im Pyjama um halb vier *(zusammen mit Gabriella Engelmann)*

Jakob Musashi Leonhardt,
geboren 1975, ist ein Weltenbummler und in Tokio genauso zu Hause wie in Hamburg. Er hat einige Romane für junge Leser veröffentlicht und ist zudem als Musiker und Sounddesigner tätig. Zu seinen Leidenschaften zählen das Tauchen, japanischer Sencha-Tee sowie die Musik von *Coldplay*.

Jakob Musashi Leonhardt

KINGS OF CHAOS

Zahm wie Schulhofhaie

Mit Illustrationen
von Sebastian Heidel

Arena

FSC
www.fsc.org
MIX
Papier aus verantwortungsvollen Quellen
FSC® C110508

1. Auflage im Arena-Taschenbuch 2020

Rottendorfer Straße 16, 97074 Würzburg

Dieses Werk wurde vermittelt durch die Literarische Agentur
Thomas Schlück GmbH, 30161 Hannover
Einband- und Innenillustrationen: Sebastian Heidel
Umschlaggestaltung: Anja Götz
Umschlagtypografie: Sibylle Bader
Gesamtherstellung: Westermann Druck Zwickau GmbH
ISSN 0518-4002
ISBN 978-3-401-51164-1

Besuche den Arena Verlag im Netz:
www.arena-verlag.de

www.jakob-leonhardt.de

JUSTUS:
Willkommen in meinem Grab

Vor zwei Wochen bin ich mit meinen Eltern in eine neue Stadt gezogen – gegen meinen Willen. Ich wollte nicht umziehen! Um keinen Preis der Welt!

Warum auch? In meiner alten Stadt war ich beliebt. An meiner alten Schule auch. Da waren meine Freunde. Da war ich angesagt!

Bei den Lehrern war ich nicht beliebt, sondern: gefürchtet! Wenn an der Schule irgendeine Chaos-Aktion am Laufen war, ging das garantiert auf mein Konto. Jeder Streich, jede böse Überraschung, jeder geniale Coup – alles mein Werk! Darum hatte ich auch einen Spitznamen. Ich war: der Streichinator!

Jetzt an meiner neuen Schule ist das alles verloren. Ich muss wieder ganz von vorne anfangen. Muss mir mühsam einen neuen Ruf erarbeiten. Und dafür sorgen, dass meine Mitschüler mich lieben und die Lehrer mich fürchten!

Natürlich habe ich alles getan, um meine Eltern von den Umzugsplänen abzubringen. Ich habe versprochen, mich mehr in der Schule anzustrengen, meine Schwester Luisa nicht mehr zu ärgern, immer brav den Tisch abzuräumen und jeden Tag unseren Hund Malcom auszuführen.

Das ist Malcom, der schlecht erzogenste Hund der Welt. Seine Hobbys: Sofakissen zerfetzen, Zimmerpflanzen fressen, Nachbarkatzen jagen. Nach dem Fressen muss Malcom pupsen – so laut und stinkend, dass man auf der Stelle in den nächsten Fluss springen will, nur um nicht mehr atmen zu müssen.

Es hat nichts genützt. Wir sind trotzdem umgezogen.

Das sind Thomas und Mareike Bachmann, die schlecht erzogensten Eltern der Welt. Sie machen einfach, was sie wollen!

Meine Eltern haben versucht, mich zu trösten. Sie meinten, dass es in der neuen Stadt bestimmt ganz toll wird.

Und dass ich mich auf der neuen Schule bestimmt total wohlfühle!

Und dass ich ganz schnell neue Freunde finde!

Seit heute – dem ersten Schultag – weiß ich, dass das gehirnzellengequirlter Quatsch ist!

In Wirklichkeit bin ich nämlich nicht in eine neue Stadt gezogen. Ich bin in MEIN GRAB gezogen! Und ich bekomme keine neuen Freunde. Sondern neue FEINDE!

Justus Bachmann – Leider im Alter von nur 13 Jahren gestorben.
Todesursache: neue Stadt, neues Haus, NEUE SCHULE.

Ich weiß es genau in dem Augenblick, in dem ich am Montagmorgen zum ersten Mal den neuen Schulhof betrete. Oder besser gesagt: in dem Augenblick, in dem ich auf dem Radar von vier Jungs auftauche, die wie ein Schwarm gelangweilter Haie am Rand des Schulhofs herumlungern.

Einer von ihnen – offenbar der Anführer – sieht zu mir herüber und grinst wie ein T-Rex vor dem Frühstück. Er gibt den anderen Jungs ein Zeichen. Die vier setzen sich in Bewegung. Sie kommen direkt auf mich zu. Ich erkenne an ihren Gesichtern, dass sie nicht vorhaben, mich

freundlich an ihrer Schule willkommen zu heißen. Um's kurz zu machen: Ich weiß, dass ich tot bin!

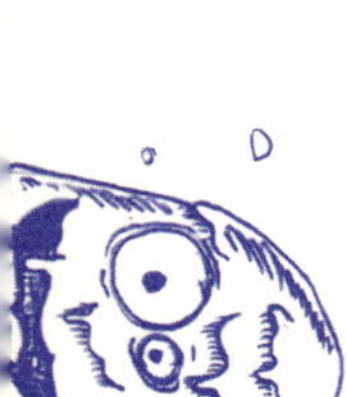

ABDI:
Binisch König!

Leute, ich sag's euch, es ist nicht einfach, König zu sein. Es ist ein echt krass anstrengender Job.

Die ganze Verantwortung, die man trägt, macht einen echt krass fertig!

Ständig muss man jemanden verkloppen.

Oder jemanden in einen Gulli stopfen, wo er dann Tage später von der Feuerwehr gerettet wird.

Oder man muss jemandem die Ohren mit Dartpfeilen piercen, weil er dir einfach nicht zuhört ...

Manchmal denke ich, dass es viel leichter wäre, einfach nur ein normaler Typ zu sein und nix als krass normale Dinge zu tun. Zum Beispiel Playstation spielen, Lehrer ärgern oder mit Freunden abhängen.

Aber das geht halt nicht. Weil: Ich, Abdi Halman, 13 Jahre alt, bin der König, der **KING OF SCHOOL**. Ich hab ein Erbe zu bewahren, das mir anvertraut wurde.

Bevor ich an der Albert-Einstein-Gesamtschule König wurde, war mein älterer Bruder Mehmet König.

Und davor war mein noch älterer Bruder Berat König.

Und vor ihm mein noch noch älterer Bruder Ömer – ebenfalls König.

Jetzt fragt ihr euch bestimmt, warum Mehmet, Berat und Ömer nicht mehr König sind. Ist ganz einfach. Liegt an Dr. Karsten Kawendel-Dussmann, den wir immer nur Kakadu nennen (übrigens nicht, um ihn zu ärgern, sondern wegen seinem Namen: KArsten KAwendel-DUssmann).

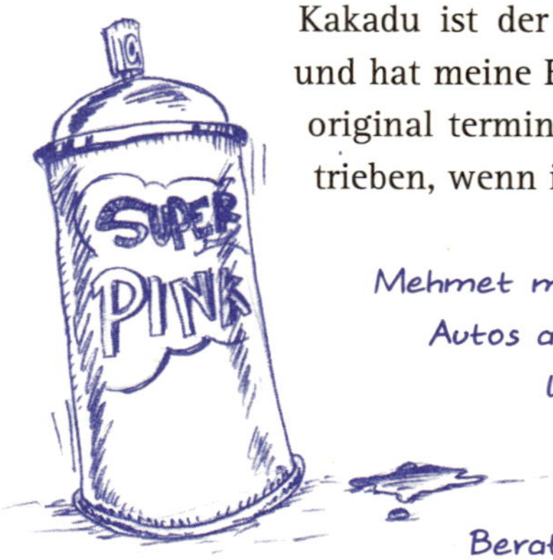

Kakadu ist der Direktor der Einstein-Schule und hat meine Brüder rausgeschmissen. Er ist original terminatormäßig streng. Total übertrieben, wenn ihr mich fragt.

Mehmet musste gehen, nur weil er die Autos auf dem Lehrerparkplatz neu lackiert hat (zugegeben, mit echt krassen Graffitis).

Berat ist geflogen, nur weil er die Tür zum Lehrerzimmer zugemauert hat (zugegeben, während alle Lehrer drin waren).

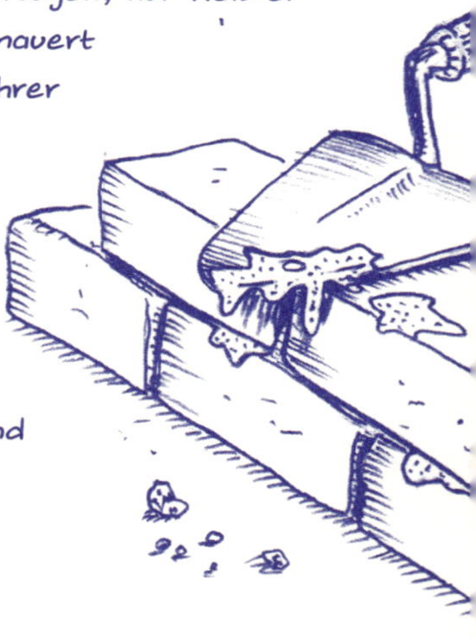

Ömer wurde rausgeworfen, nur weil er im Ökoteich im Schulgarten Piranhas ausgesetzt hat (zugegeben, danach waren keine anderen Fische mehr im Teich. Und

Frau Trautmann-Engelbrecht, unsere Biolehrerin, hätte fast einen Finger und einen Zeh verloren).

Die Schüler fanden die Aktionen voll witzig. Hat aber nix genützt. Meine Brüder mussten trotzdem gehen.

Keine Ahnung, ob Kakadu mich auch eines Tages von der Schule schmeißen wird. Kann schon sein. Weil auch ich kannst-du-nicht-zählen-mäßig viele Chaos-Aktionen mache. Aber bisher konnte er mir nie etwas nachweisen. Außerdem baue ich nicht so todessternmäßig krassen Mist wie meine Brüder. Ich baue lieber witzig genialen Mist, über den sogar die Lehrer oft lachen müssen. Würden sie natürlich niemals zugeben.

Außerdem mag Kakadu mich irgendwie. Voll peinlich ist das! Immer wenn er mich in sein Büro ruft – also ständig –, steht er vor mir und streckt mir seinen dicken Zeigefinger ins Gesicht. Dann seufzt er und sagt: »Ach, Abdi. Ich weiß genau, dass du hinter diesen ganzen Streichen steckst. Leider kann ich es dir nicht beweisen. Außerdem weiß ich, dass du eigentlich ein netter, begabter Junge bist!«

»Binischnisch, ischschwör«, antworte ich sofort.

»Doch bist du.«

»Neverever niemals, Direktör! Binisch negativ-begabt, ischschwör.«

»Ja, ja, ich weiß, dass es dir peinlich ist. Aber es nützt nichts. Du wirst es eines Tages einsehen.«

»Ist optische Täuschung, ischschwör. Binisch echt krass gefährlicher Streetgangster. Unsonsnix, weissu, Kakadu!«

»Wenn du mich noch einmal so nennst, schmeiße ich dich von der Schule!

»Versprochen, echt jetzt?!«

Egal. Jedenfalls, nachdem Mehmet, Berat und Ömer von der Schule geflogen sind, bin ich jetzt der **KING OF SCHOOL** der Albert-Einstein-Gesamtschule. Darum trage ich diese echt krass ätzende Verantwortung.

Und darum muss ich, sobald ein neuer Schüler an der Schule auftaucht, klarmachen, was Sache ist. Ich muss jedem Neuankömmling auf der Stelle verdängeln, dass ich – und niemand sonst – der unangefochtene King bin.

An diesem Morgen ist es mal wieder so weit! Ein Neuer betritt den Schulhof. Er blickt sich suchend um und scannt die Lage. Mein Checker-Instinkt sagt mir, dass der Typ nicht so ein original Zitter-bibber-Opfer ist wie die meisten anderen.

Im Gegenteil, der hier, der könnte Ärger machen. Erkenn ich an dem Checker-Grinsen, das er im Gesicht trägt.

Aber das ist ein nullzero Anti-Problem für mich. Ich muss diesem Binischneuhier-Typen nur ohne jede Verzögerung klarmachen, was Sache ist. Ich geb meinen Jungs – also Gleb, Jawid und Eymen – ein Zeichen und wir setzen uns in Bewegung!

Das bin ich – Abdi Halman, KING OF SCHOOL.

Das sind meine besten Freunde:

Gleb kommt aus Keine-Ahnung-Kasachstan. Das heißt so, weil er selbst nicht genau weiß, wo das ist. Gleb ist ein voll krasser Ringer, der jeden verknotet, der nervt.

Jawid kommt aus Arschweitweg-Afghanistan. Das heißt so, weil es arschweitweg ist. Jawid ist ein voll krasser Boxer, der jeden plattmacht, der nervt.

Eymen kommt aus Deutschland, aber Opa und Oma kommen aus Türkiye. Das heißt so, weil es türkisch

für Türkei ist. Eymen ist – aber das ist ein echt krasses Geheimnis – ein Schwachkopf. Darum ist er auch nur so inklusionsmäßig auf unserer Schule. Eymen kapiert gar nix, aber er ist mein allerbester Freund, und darum boxe und verknote ich jeden, der was gegen ihn sagt.

JUSTUS:

Auf Tuchfühlung mit Piranhas

Es dauert keine zehn Sekunden und die vier Jungs stehen vor mir. Genauer gesagt: dicht vor mir. Genauer gesagt: Nasenspitze an Nasenspitze.

Alle sind ungefähr so alt wie ich.

Aber anders als ich haben sie alle:

Muskeln wie Gladiatoren

Blicke wie Laserstrahlen

Ein Lächeln wie Piranhas

(Und alle haben so viel Gel in den Haaren, dass man damit einer ganzen Gnuherde in der afrikanischen Savanne einen Iro stylen könnte.)

Fühle mich wie ein Astronaut auf einem fremden Planeten, der von Aliens angegriffen wird. Raumschiff, bitte kommen! Mayday! Holt mich hoch, Leute! Sofort! Emergency

Call! Bittebittebitte! Houston, ich habe ein Mega-Terra-Galakto-Problem!

Die Jungs bauen sich vor mir auf wie die Mauer bei einem Fußballfreistoß. Ihr Grinsen wird noch piranhamäßiger.

Dann schiebt sich der Anführer – er ist der Kleinste der vier – noch weiter nach vorne. Er sieht mich grinsend an und ich fühle, wie mein Blut nur noch in Eisklumpen durch meinen Körper rattert.

Die Augen des Jungen werden zu schmalen Schlitzen. Er stößt ein sauriermäßiges Schnauben aus und ich denke: Gleich wird er Feuer spucken wie ein Drache. Seine Muskeln werden noch praller – und ich selbst komme mir schmal und schwach vor wie ein Streichholzmännchen.

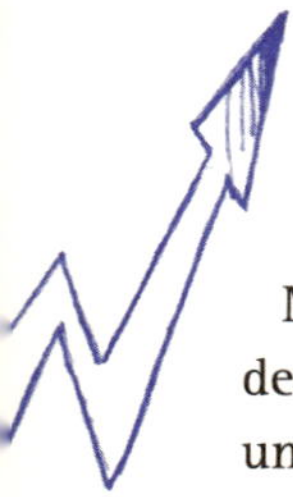

Mit einem ekeligen Kotz-würg-spuck-Geräusch zieht er den Rotz in seiner Nase hoch, gurgelt ihn nach vorne und spuckt ihn mir in Form einer fetten gelbgrünen Lache zwischen die Füße.

Okay, im Zielrotzen hat der Typ Aussichten auf eine olympische Goldmedaille. Wie soll ich reagieren? Soll ich ihm beweisen, dass ich ein echter Meister im Popelschnippen bin?! Aber was, wenn er sich daraufhin als Champion im Strahlkotzen erweist? Dann könnte ich natürlich meine Fähigkeiten im Eiterpickelzielzerdrücken unter Beweis stellen! Mir ist schlecht!

Der Typ sagt mit einer Stimme, die kratzig wie eine Parmesanreibe klingt: »Wer bissu? Wie heissu? Was willsu?«

Ich verstehe nur Bahnhof und frage zurück: »Was ist los!? Redest du Chinesisch, oder was?!«

»Bissu taub, du Blinder, oder was?! Fragisch disch noch mal, ey: Wer bissu? Wie heissu? Was willsu?«

Zu blöd, dass ich mein Wörterbuch vergessen habe. Um genau zu sein, mein Dummsprech-Deutsch / Deutsch-Dummsprech-Wörterbuch. Darum braucht mein Gehirn eine Weile, um zu kapieren, was dieser Antimaterie-Schwachkopf sagen möchte.

Dann dämmert es mir und ich antworte: »Ich heiße Justus.«

»So wie Justus Bieber, oder was!?«

»Äh, nein. Der heißt nicht Justus, sondern Justin. Justin Bieber.«

»Egal, oder was?!«

»Find ich auch.«

Der Junge geht wieder in Nasenspitzenkontakt und sagt mit gefährlich leiser Stimme: »Hörssu genau zu, Digga! Sagisch nur einmal. Mein Name ist Abdi. Abdi Halman! Binisch König von diese Schule, binisch **KING OF SCHOOL**. Tussu, wasisch sage, hassu nix null Problem. Tussu nisch, bissu Friedhof. Verstehssu?«

Die Angst, die ich gerade noch hatte, ist wie weggeblasen. Ich erinnere mich nämlich daran, wer ich bin: der *Streichinator!* **KING OF SCHOOL**? Da lachen nicht nur die Hühner, sondern auch die Adler, Tauben, Bussarde, Wachteln und Amseln. Aber so was von laut und heftig, dass es Federn regnet.

Ich sehe diesen Abdi ungläubig an. Mit ist natürlich klar, dass das jetzt eine eiskalte Drohung war.

Dumm nur, dass er da bei mir an den Falschen geraten ist. Ich lasse mich nicht einschüchtern!

Trotzdem weiß ich, dass die nächsten Sekunden über mein zukünftiges Schicksal an dieser Schule entscheiden werden. Über oben und unten. Über gute Zeiten oder endlose Qualen.

Die Antwort, die ich gebe, muss es also in sich haben.

Sie muss diesem gefriergetrockneten Schrumpfhirn klarmachen, dass ich keinen König akzeptiere – es sei denn, ich bin selbst König!

Bevor mir aber die richtigen Worte einfallen, begehe ich leider einen dummen Fehler!

Ich lache.

Nicht nur so: Hihihi.

Sondern:

Wuhaahahaumichlaust deraffeichlachmichtot-hahawuhooohoho!

Klar, jetzt bin ich wirklich tot.

ABDI:
Der Zero-Checker

Er lacht! Der Binischneuhier-Schwachmat lacht! Über mich! Und über Gleb, Jawid und Eymen.

Ich kann es voll krass nicht glauben. Das hat es never-ever noch niemals nicht gegeben!

Was bildet sich dieser Justus-Bieber-Mutant ein? Das ist Majestätsbeleidigung. Das ist Guillotinen-Harakiri! Aber so was von!

Bevor mir eine passende Antwort einfällt, ist es schon passiert. Gleb, Jawid und Eymen stürmen nach vorne und packen den Binischneu-Zombie am Genick. Klar, was als Nächstes kommt. Sie werden diesen Jar-Jar-Binks-mäßigen Grinseschwachkopf in seine Einzelteile zerlegen und danach falsch herum wieder zusammenbauen.

Dann kann er auf seinen Händen zum Direktör humpeln und petzen!

Mir ist aber auch sofort klar, dass dies die falsche Antwort für diese Chaos-Birne ist. Der Plan würde nach hinten losgehen. Weil: Dieser Schwachmat ist anders als andere Schwachmaten. Für den müssen wir uns etwas Besseres einfallen lassen.

Darum hebe ich die Hand und rufe laut: »Krümmt der Pfurzbohne kein Haar, echt jetzt!«

Gleb, Jawid und Eymen – die den Binischneu-Blindfisch schon gepackt und hochgehoben haben – bleiben knips-den-Schalter-aus-mäßig stehen. Sie sehen mich mit lauter Fragezeichen in den Pupillen an und fragen dann wie die Klitschko-Drillinge: »Wie jetzt, kein Haar krümmen? Wieso denn nicht?! Der Typ zeigt keinen Respekt! Wir müssen ihn zu Pommes zerhacken und heiß fritieren. So haben wir es doch immer gemacht, oder nicht?!«

Dieses Mal ist es halt nicht so einfach. Darum schüttle ich den Kopf und wiederhole noch mal: »Nix da, Checkers. Krümmt ihm nix kein Haar. Habisch voll krass bessere Idee für ihn!«

Die drei Jungs zucken mit den Schulten und lassen den Justus-Bieber-Typ einfach fallen.

Schepperspl**i**tterkrach! **Boing! *Autsch!***

Nachdem der Neue abgezogen ist – er besteht auch nur noch aus Fragezeichen und wundert sich, dass er noch lebt –, ziehen wir uns in unsere Ecke vom Schulhof zurück.

Die Jungs sind Cranberry-Limonen-Schorlen-mäßig sauer und stellen mich zur Rede.

Gleb fragt: »Ey, Abdi, was sollte das? Warum durften wir diesen Streber nicht fertigmachen?«

Jawid ergänzt: »Echt jetzt, Abdi. Was sollte das? Der hat eins auf die Fresse verdient, der Zero-Checker.«

Und Eymen sagt das, was er immer sagt: »Ich kapier gar nix.«

Ich hole tief Luft und erkläre es den Jungs: »Hörtihrsu, Diggas. Dieser Justus-Bieber-Typ, der ist nicht so wie die anderen. Der ist kein voll krasses Opfer, wo du haust auf Maul und gut ist! Nützt nix, den zu verknoten und plattzuhämmern. Dem müssen wir eine superheftige Checker-Lektion erteilen, damit der Respekt zeigt, verstehtihr?!«

Gleb und Jawid grinsen beide. Gleb sagt: »Logisch. Und? Hast du eine Hammeridee für eine glasklare Checker-Lektion, Abdi?«

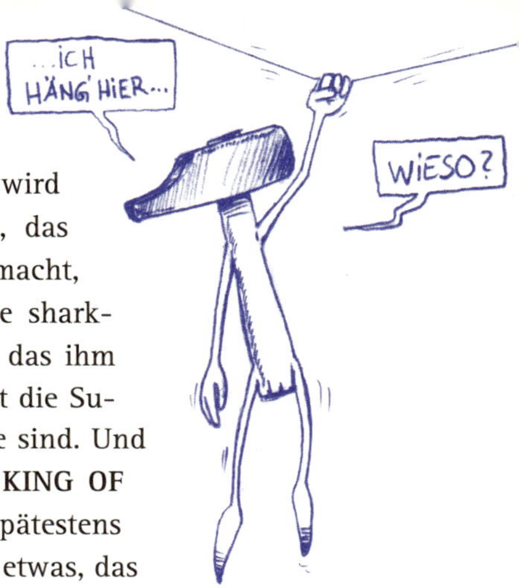

Ich beiße mir auf die Lippe. »Noch nicht. Aber mir wird schon was einfallen. Etwas, das diesem Justus-Typen klarmacht, wo der Hammer hängt. Eine sharknadomäßige Lektion. Etwas, das ihm zeigt, dass wir nicht umsonst die Super-Checker an dieser Schule sind. Und dass ich, Abdi Halman, der **KING OF SCHOOL** bin. Vertraut mir. Spätestens morgen früh erlebt der Neue etwas, das er nicht so schnell vergisst!«

JUSTUS:

Alles wird gut!

Ich sitze mit meinen Eltern und meiner Schwester Luisa am Abendbrottisch. Die Stimmung ist gut – auch meine eigene! Ein ziemliches Wunder!

Grinsstrahllächel!

Das liegt vor allem daran, dass mich dieser Oberschwachkopf Abdi Halman und seine unterbelichtete Ghetto-Gang nicht filetiert, frittiert, geröstet, in Scheiben geschnitten und mit süßsaurer Soße serviert haben. Obwohl ich fest damit gerechnet habe.

Vielleicht sind sie ja doch nicht so schlimm, wie ich dachte! (Okay, sie haben mich einfach fallen gelassen und seitdem habe ich ungefähr zwanzig Pflaster im Gesicht und am Körper. Aber es gibt Schlimmeres.)

Meine Mutter freut sich über meine gute Laune. Sie strahlt mich an und fragt mit süßlicher Flötenstimme: »Na, Justus! Dann erzähl doch mal von deinem ersten Tag an der neuen Schule! War es schön? Sind die Lehrer nett? Hast du schon neue Freunde gefunden?«

»Klar, Mom, jede Menge. Ist alles total super! Echt!«

Ist natürlich voll gelogen.

Was ist schön daran, von Schulhofhaien umzingelt und bedroht zu werden?

Und nette Lehrer? Die gibt es genauso wenig wie vegetarische Krokodile, viereckige Planeten oder schokoladenlose Schokokekse.

Und wie um Himmels willen soll ich schon nach einem einzigen Tag neue Freunde haben?!

Obwohl, so ganz stimmt das nicht. Immerhin habe ich in der Pause mit einem Jungen geredet, der ganz gerne mein Freund werden würde.

Er heißt Derek Müller und ist ein witziger Typ im XXL-Format. Er schwabbelte mit seinem Pottwal-Body in meine Richtung und wollte wissen, ob ich ihm mein Pausenbrot schenken könnte – er habe totalen Hunger, weil er schon seit über zehn Minuten nichts mehr gegessen habe. Er hat mein Brot gekriegt und wir haben eine Runde gequatscht.

»Du hast Ärger mit Abdi, stimmt's?!«, fragte Derek.

»Sieht so aus. Ist mir aber egal. Ich habe keine Angst vor ihm.«

»Solltest du. Er kann heftig sein.«

»Pah! Mir doch egal.«

»Abdi wird dich fertigmachen.«

»Kann er gerne versuchen.«

»Er wird dich vierteilen, köpfen, bei lebendigem Leib durch den Fleischwolf drehen und anschließend als Hundefutter den Pitbulls seines Bruders servieren.«

»Und wenn schon! Unser Hund Malcom passt auf mich auf. Der hat noch jeden Pitbull in die Flucht gepupst!«

Derek legte mir seine rosafarbene XXL-Schwabbelpranke auf die Schulter und sagte leise: »Meinst du, dass es auf deiner Beerdigung etwas zu essen gibt? Dann würde ich kommen. Versprochen. Selbst wenn ich dann Ärger mit Abdi bekomme. So belegte Bröchten oder so. Vielleicht Chili con Carne? Pizza wär auch okay.«

Ich musste lachen. Was sollte ich auch sonst machen?

Derek ist dann abgezogen, um in den Papierkörben nach entsorgten Pausenbroten zu suchen. Eigentlich finde ich ihn ganz in Ordnung. Nett und witzig. Ich glaube, wir werden Freunde.

Papa strahlt nun ebenfalls und sagt: »Na, siehst du, Justus. Haben wir dir doch gleich gesagt! Auf der neuen Schule wird es super. Und bald schon wirst du deine alte Schule und deine alten Freunde vergessen haben!«

Meine Eltern sehen sich an und lächeln zufrieden. Ich frage mich, warum man als Kind eigentlich gegen alles geimpft wird – Masern, Cholera, Scharlach. Nur nicht gegen Eltern.

Luisa wirft mir giftige Blicke zu und sagt: »Justus musste zum Direktor! Schon am ersten Tag! Nicht zu fassen, oder?!«

Ich gebe ihr unterm Tisch einen Tritt gegen das Schienbein, erwische blöderweise aber nur den Tisch – autsch!

Sie grinst blöd wie ein Mops. Ich trete erneut zu und diesmal treffe ich. Sie heult auf wie ein Feuerwehrauto im Einsatz.

»Hört sofort auf zu streiten!«, ruft mein Vater streng.

»Wieso warst du beim Direktor, Justus? Fängt das etwa schon wieder an?! Hast du sofort am ersten Tag etwas ausgefressen?«, fragt Mama. Sie sieht echt panisch aus. Kein Wunder – sie kennt mich ja.

An meiner alten Schule musste ich alle paar Tage beim Direktor anrücken. Er hieß Direktor Haffenloher und war eigentlich ganz in Ordnung. Aber ich war halt der *Streichinator*. Ich hatte immer etwas am Laufen. Immer!

»Der neue Direktor wollte mich nur persönlich an der Schule begrüßen. Total nett, der Mann. Er heißt Herr Kakadu«, erkläre ich mit Unschuldsmiene.

»Komischer Name«, sagt Mama.

»Ja, aber er ist echt okay. Seit er mit mir gesprochen hat, geht es mir richtig gut!«

Das ist ausnahmsweise einmal nicht gelogen. Als ich aus Kakadus Büro kam, war mir adlerfederleicht ums Herz!

Obwohl es nicht gerade vielversprechend anfing. Kakadu fuchtelte mir als Erstes mit seinem Finger vor dem Gesicht herum und meinte: »Du bist also Justus Bachmann. Du hast mir wirklich noch gefehlt! Was habe ich nur getan, dass mich das Leben so bestraft?!«

»Ich versteh nur Bahnhof«, sagte ich, weil ich nur Bahnhof verstand.

Kakadu verzog das Gesicht: »Herr Haffenloher, dein alter Direktor, ist ein alter Studienfreund von mir. Er hat mich vor ein paar Tagen angerufen und vor dir GEWARNT, Justus.«

»Echt?! Sie und Affenholer sind alte Freunde?! Ist ja hammer. Wahrscheinlich hat man Sie früher Dick und Doof genannt! Oder Dumm und Dümmer?«

Kakadu lief rot an wie ein Pavianhintern. »Ich habe bereits einen Oberchaoten an dieser Schule, nämlich diesen unsäglichen Abdi Halman! Ich brauche nicht noch so einen. Glaub mir, Justus! Wenn du dir auch nur das kleinste bisschen zuschulden kommen lässt, sorge ich höchstpersönlich dafür, dass du augenblicklich von der Schule fliegst. Dann kannst du mit deinen Eltern sofort wieder dorthin zurückgehen, wo ihr hergekommen seid!«

»Echt jetzt? Versprochen?!«

»Ich meine es ernst, Justus!

»Ich auch, Kakadu! Danke schön!«

»Und wenn du mich noch mal so nennst, fliegst du sofort!«

»Kakadu! Kakadu! Kakadu!«

»Raus!«

Den Rest des Abends verbringe ich in meinem Zimmer und grinse. Ich habe supergute Laune. Das Gespräch mit dem Direktor hat mir Mut gemacht. Nur ein paar knallige Chaos-Aktionen und meine Eltern werden gezwungen sein, wieder in unsere alte Stadt zurückzuziehen!

Das werde ich ja wohl hinkriegen! Kein Problem! Schließlich weiß ich, wie man Chaos stiftet!

Ach ja, und so ganz nebenbei werde ich diesen Abdi erledigen. Ich glaube, die Schule wartet nur darauf, dass sie endlich von diesem Tyrannen und seiner Horde Gorillapfürze befreit wird!

Ich lege mich aufs Bett und zupfe auf meiner Gitarre herum. Nebenbei überlege ich, mit welchem Coup ich beginnen könnte! Mein Repertoire an echt coolen, superekeligen, kreisch-lustigen Aktionen ist schließlich riesengroß ...

ABDI:

Chaos muss geplant werden!

Der Unterschied zwischen mir und meinen Brüdern ist der: Mehmet, Berat und Ömer sind voll krasse Gangster. Ich dagegen bin: Künstler.

Ich bin der voll krass picassomäßige Chaos-Artist! Manche nennen mich auch TAFKAA – *the artist formerly known as Abdi.* Aber das nur nebenbei.

Ich male natürlich nicht, bin kein Bildhauer, kein Shakespeare und auch kein Sänger (obwohl ich ganz gut singen kann und schon überlegt habe, mich bei Superstar zu bewerben ...).

Meine Kunst sind die Aktionen, die ich an der Schule starte. Ich bin *Germanys next Topchaot!*

Mein ältester Bruder Ömer ist leider wirklich Gangster geworden. Darum sitzt er im Moment im Knast. Und das nur, weil er mit dem Auto zu schnell gefahren ist. Zugegeben, der Wagen war

geklaut. Und ja, er hat gar keinen Führerschein. Und im Kofferraum lagen tausend gestohlene Handys … Ömer ist aber trotzdem froh, im Knast zu sein. Weil unser Papa ihn sich da nicht vorknöpfen kann. Unser Papa ist nämlich – haltet euch fest – Polizist! Deswegen findet er auch meine Chaos-Aktionen total daneben …

Nach der Schule gehe ich zu meinem Onkel Serhat, der hat in unserer Straße einen Imbiss. Da mein Onkel nicht so gut Deutsch kann, helfe ich ihm, die Speisekarte zu schreiben und Werbeflyer zu designen. Auch die große Leuchtreklame über dem Imbiss ist von mir:

VOLL KRASS LECKERSTE BÖREK VON GANZE WELT, GLAUBSU BESSER, IDIOT!

Mein Onkel findet den Spruch negativ gut. Aber seit er über dem Laden blinkt, kommen viel mehr Kunden! Das hat ihn überzeugt.

Vielleicht liegt es auch daran, dass ich eine zweite voll krass gute Idee hatte und der Imbiss einen neuen Namen bekommen hat:

UNCLE SERHAT'S DREAM-DÖNER

Normalerweise helfe ich im Imbiss, um mein Taschengeld aufzubessern. Heute aber erkläre ich meiner Tante Sema, dass ich Hausaufgaben machen muss und nicht helfen kann.

Sie sieht mich misstrauisch an: »Lüg nicht, Abdi! Du machst nie Hausaufgaben!«

»Heute schon, ischschwör.«

Ihr Gesichtsausdruck wird milder. *»Canim benim.* Dann setz dich hin. Ich bringe dir einen Tee.«

»Lernsu endlich richtig Deutsch, Tante. Es heißt: Bringisch Tee.«

»Uslu ol!« Sie rollt nur mit den Augen.

Ich breite auf einem der hinteren Tische meine Schulhefte aus. In Wahrheit mache ich natürlich keine Hausaufgaben, weil Tante Sema recht hat. Ich mache NIE Hausaufgaben (Weil: Nur gunganmäßige Jar-Jar-Binks-Idioten-Loser machen Hausaufgaben!).

Trotzdem muss ich mich konzentrieren. Schließlich möchte ich mir eine krass coole Aktion ausdenken. Eine Aktion, die diesem Justus-Bieber-Typen klarmacht, dass er mich besser schleunigst als KING OF SCHOOL akzeptieren sollte.

Ich habe Sandkörner-am-Strand-mäßig viele Ideen, bin aber trotzdem nixnull zufrieden. Alles scheint mir zu hart oder zu weich, zu blöd oder zu aufwendig.

Wie gesagt: Chaos-Aktionen sind Kunst!

Dann aber fange ich sharknadomäßig an zu grinsen! Ja, so könnte es klappen. Das wird Justus Bieber eine voll krasse Lehre sein.

Ich rufe Gleb, Jawid und Eymen auf ihren Checker-Handys an und order sie zum Imbiss. Ich erklär ihnen meinen Plan und sie sind begeistert. Dann machen wir uns an die Arbeit. Wir schwärmen aus und besorgen die Zutaten für die morgige Session. Unser Weg führt uns unter anderem zur städtischen Klärgrube, zum Recyclinghof und zur Mülldeponie ...

Meistens laufen unsere Aktionen darauf hinaus, dass unsere Mitschüler sich kaputtlachen – und die Lehrer heulen! Zum Beispiel wenn wir in die Klimaanlage im Lehrerzimmer Chili-Pulver gestreut haben. Oder wenn wir die Lautsprecheranlage sabotieren und in der ganzen Schule ohrenbetäubend lauter hammerguter Rap läuft – zufällig an dem Tag, an dem wir eigentlich einen Test schreiben sollten. Oder wenn wir ein paar unserer Mitschüler dazu überreden, zu verschiedenen Lehrern zu gehen und zu behaupten, dass sie auf dem Schul-

klo eine Schlange gesehen hätten – eine voll krass riesige Anakonda. Bei dieser Aktion ließ Direktör Kakadu schließlich die Schule räumen und nach der Schlange suchen, die natürlich nie gefunden wurde, weil es sie gar nicht gab. Trotzdem hatten wir einen ganzen Tag schulfrei. Darum bin ich der KING OF SCHOOL – und darum lieben mich meine Mitschüler. Aber mit diesem Binischneuhier-Typen, mit diesem Justus Bieber, ist es etwas anderes. Ihm müssen wir kampfdroidenmäßig voll heftig hart klarmachen, was Sache ist …

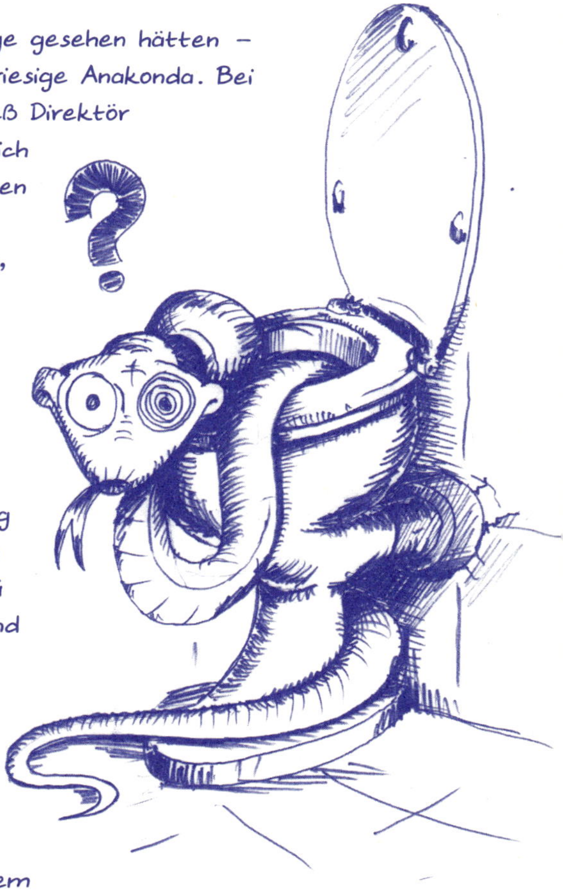

JUSTUS:
The Battle begins!

Gut gelaunt fahre ich am nächsten Morgen mit dem Fahrrad in Richtung Schule. Seit ich weiß, dass ich in nicht allzu ferner Zukunft wieder in meine Heimatstadt zurückkehren werde (also sobald Kakadu mich von der Schule geworfen hat), finde ich alles nicht mehr so schlimm.

Ich habe mir sogar vorgenommen, diesem Schwachkopf Abdi zu huldigen und ihn als **KING OF SCHOOL** anzuerkennen. Ist mir doch egal. So ein Schimpansen-Popel mit seinem mottenzerfressenen Schrumpfhirn beeindruckt mich null! Als wenn der ein ernstzunehmender Gegner wäre!

Ich stelle mein Fahrrad beim Fahrradschuppen ab und schließe es an. Gerade will ich Richtung Schulgebäude gehen, als mir eine Schnur auffällt, die vom Dach des Schuppens herunterhängt.

Wo kommt die denn her?

Wofür ist die gut?

Kann man dran ziehen?

Und was passiert dann?

Lauter Fragen – keine Antwort.

Alles in mir sagt: Lass die Finger davon!

Aber ich bin nun einmal neuuuuuuuuugiiiiieeeeerig!

Darum muss ich es tun. Auch wenn es bescheuert ist. Ich ziehe also an der verdammten Schnur und …

Schepper! Schwall! Stink! Stöhn!

Erst als es schon zu spät ist, kapiere ich, dass am anderen Ende des Seils ein riesiger Eimer befestigt ist. In dem befindet sich ein zäher, stinkender, klebriger Jauchetsunami, der sich über meinen Kopf ergießt! Ich kann nicht mehr ausweichen und die Ladung erwischt mich volle Kanne!

Ich stehe da und sehe aus wie das *Ding aus dem Amazonas!* Ich bin ein übelriechendes Schleimmonster, um das herum sich eine klebrige, zähe Ekelpfütze ausbreitet.

Mir ist sofort klar, wem ich das zu verdanken habe! Abdi Oberschwachkopf Halman und seiner blöden Ghetto-Gang!

Aber als wäre das nicht genug, bemerke ich erst jetzt, dass hinter den Büschen und Bäumen rund um den Hof ungefähr die halbe Schule versammelt ist. Offenbar hat Abdi allen Bescheid gesagt, damit niemand meinen Ekelauftritt verpasst! Und schon geht ein weiterer Tsunami auf mich nieder – ein Lachtsunami. Der trifft mich viel härter als die stinkende Jauchefontäne!

Immerhin werfen mir ein paar Leute Papiertaschentücher zu, mit denen ich mich ein wenig sauber mache. Allerdings halten die anderen gebührenden Abstand zu mir. Kein Wunder, ich stinke wie ein wandelndes Dixi-Klo!

Nachdem ich mich einigermaßen gesäubert habe, trete ich durch die große Flügeltür ins Schulgebäude. Aber im gleichen Moment höre ich erneut ein seltsames Scheppergeräusch – und dann geht eine zweite Stinklawine auf mich nieder. Diesmal in der Geschmackssorte Kompost! Klebrige Blätterreste, verfaulte Gartenabfälle und unzählige Würmer, Maden, Ohrenkneifer und Schaben krabbeln über meinen ganzen Körper, kriechen in meine Klamotten, in meine Ohren, in meine Unterhose ...

Dschungelcamp? Ist ein Witz dagegen.

Dann trifft mich auch schon die zweite Lachsalve des Morgens. Denn, natürlich hängt das ganze Treppenhaus voller Schüler, die sich alle an meinem Schicksal erfreuen.

Ich gebe zu, dass ich am liebsten heulen würde. Zumal gerade ein Tausendfüßler versucht, in meine Nase zu kriechen!

Wieder mache ich mich mit ein paar Papiertaschentüchern notdürftig sauber und schnipse alle Viecher, die auf mir rumkrabbeln, mit dem Finger weg. Dann steige ich die zwei Treppen hoch und betrete den Klassenraum. Ich habe die Türklinke noch in der Hand, als ich zum dritten Mal ein Scheppern höre. Nicht noch mal, denke ich. Diesmal ist ein Regen aus altem, klebrigem nach Falafel, Döner und Pommes riechenden Bratfett auf mich niedergegangen. Immerhin ist das Zeug nicht heiß – dafür aber zäh und schleimig.

Muss ich erwähnen, dass wieder alle um mich herum lachen?!

Diesmal bin ich am Ende meiner Kräfte. Diesmal kann ich die Tränen kaum noch zurückhalten. Das hier ist die größte, peinlichste,

schlimmste Niederlage, die ich – der *Streichinator* – jemals einstecken musste.

Da tritt Abdi Halman auf mich zu. Er zieht ein Tempotaschentuch aus der Tasche, putzt sich ausgiebig damit die Nase und reicht es mir danach. Er sagt: »Kapiersu jetzt, dass isch **KING OF SCHOOL** bin, Alta? Und dassu keine Chance gegen mich hast? Dann sag es. Sag: Abdi ist der König.«

Er zuckt dabei mit den Schultern und wirkt fast so, als täte ihm die Sache leid. Unglaublich!

Ich will es wirklich sagen. Ich fange sogar schon an. »Abdi ist der ...«

Doch dann passiert etwas Unvorhergesehenes. Ein Mädchen betritt den Klassenraum. Das heißt, nein, es ist nicht einfach ein Mädchen. Es ist **DAS** Mädchen. Ihre Haut ist wie Bronze, ihre Haare wie flüssige Seide, ihre Augen wie Bernstein, ihr Körper wie eine perfekte Statue. Und ihre Haut riecht wie Honig (während meine Haut wie eine verstopfte Toilette riecht) ...

DAS Mädchen! Später erfahre ich, dass sie Leela Kapur heißt und in meine Klasse geht. Ihre Eltern stammen aus Indien. Sie war gestern nicht da, darum habe ich sie bisher nicht gesehen. Sie bleibt stehen und sieht mich an. Dabei zieht sie die Nase kraus, was total süß aussieht, und sagt mit samtweicher Stimme: »Bist du Justus? Der Neue? Nett, dich kennenzulernen. Aber ...

du duschst wohl nicht so gerne? Na ja, jedenfalls willkommen in der Klasse!«

Dann geht sie hüftschwingend zu ihrem Platz.

Ich sehe ihr nach und fühle mich wie in einer Achterbahn. So traurig wie noch nie, so gut gelaunt wie noch nie, so gedemütigt wie noch nie, so verliebt wie noch nie ...

Auf einmal ist alles anders! Wegen Leela Kapur. Weil sie DAS Mädchen ist und ich mich zufällig gerade unsterblich in sie verliebt habe!

Wenn ich mich jetzt Abdi unterwerfe, habe ich niemals eine Chance bei ihr. Weil ich dann in ihren Augen ein Loser bin. Das darf nicht sein!

Ich wische mir das Stinköl aus dem Gesicht, blitze Abdi kampflustig an und sage: »Du glaubst, du bist der KING OF SCHOOL? Kann sein. Aber nicht mehr lange, das verspreche ich dir. Du hast keine Ahnung, mit wem du dich angelegt hast, du Rattendompteur. Ich bin der *Streichinator!* Und du bist erledigt, du Unterhosenbremsspur!«

Abdi ist überrascht, bewahrt aber die Fassung. »Drohsu mir, du Schimmelpilz? Null Problem. Aber gehsu erst mal duschen! Setz ich mich solang schon mal auf mein Platz. Is zufällig direkt neben Leela!«

Ich lache unbeeindruckt. »Genieß es, du Popelkruste. Denn bald werde ich neben Leela sitzen! Weißt du auch, warum? Weil bald ich der **KING OF SCHOOL** bin!«

Zum ersten Mal wird Abdis Strahlegrinsen zu einer schiefen Grimasse. Er kommt mit seinem Gesicht ganz nah, sodass sich unsere Nasenspitzen fast berühren. Dann zischt er mit gefährlich leiser Stimme: »Willsu Battle, du Bananenbieger? Im Ernst, oder was?«

»Natürlich im Ernst, was denkst du denn?!«

»Okay, nix dagegen! Versuchsu dein Glück! Sind tausend Schüler auf Einstein-School. Wenn Mehrheit dich als **KING** will, bissu König.«

»Du willst eine Abstimmung?«

»Klar, Mann. Binisch voll Demokrat, oder was.«

»Okay, und wann?«

»Keine Ahnung. In ein paar Wochen. Müssen sie dich erst mal kennenlernen, oder was.«

Ich grinse. »In erster Linie wirst du mich kennenlernen.«

Erneut bleibt Abdi erstaunlich gelassen. »Wirssu sowieso nich schaffen, du Ozonloch.«

»Das werden wir ja sehen, du Insektenquäler.«

»Deal, du Milchzahnrüttler.«

»Deal, du Raupenbändiger.«

Wir geben uns sogar die Hand – Abdi Halman und ich. Damit ist es entschieden! Ich werde mich nicht von der Schule werfen lassen und ich werde nicht in meine Heimatstadt zurückkehren. Vorerst jedenfalls nicht. Stattdessen werde ich mir einen Battle liefern, der es in sich hat. Und ich werde gewinnen. Ich, der *Streichinator,* werde **KING OF SCHOOL!** Danach werden Leela Kapur und ich ein Paar und glücklich bis ans Ende aller Zeiten! (Wenn das geregelt ist, kann ich mich immer noch rausschmeißen lassen und meine Eltern dazu bringen, in unsere alte Stadt zurückzuziehen!)

ABDI: Mein superheftiges Vorbild!

Mein Großvater hat einen grau schimmernden Vollbart.

Mein Vater hat einen gepflegten Schnauzbart (wie alle Polizisten).

Mein Bruder Berat hat einen zackigen Kevin-Kuranyi-Designerbart.

Mein Bruder Mehmet hat einen Binisch-voll-gläubig-Rauschebart.

Und ich? Ich habe gar keinen Bart. Bin ja auch erst dreizehn!
Ein Blick in den Spiegel beweist es mal wieder. Aber wisst ihr was? Ist mir voll egal. *Haftbefehl,* der Rapper – mein superheftiges Vorbild –, hat schließlich auch keinen Bart.

Was mir viel mehr Sorgen macht, ist der Pickel, der da auf meiner Stirn glänzt. Offenbar hat er vor, zu vulkanmäßiger Größe heranzuwachsen. Voll peinlich! Vor allem, wenn er in der Klasse während des Unterrichts ausbricht!

»Ey, Pickel! Was willsu? Habisch gesagt, du sollst da sein? Habisch nisch! Also zieh ab oder isch drück disch platt!«, schreie ich ihm im Spiegel entgegen.

Nützt natürlich negativ gar nichts. Nix ändert sich. Außer vielleicht, dass der Pickel noch größer wird. Verdammt!

Ich knalle die Badezimmertür zu und gehe rüber ins Wohnzimmer. Meine ganze Familie – also mein *Baba* und meine *Anne* (das ist türkisch und heißt Vater und Mutter), Berat, Mehmet und meine Schwestern Defne, Fatma und Yasemin – sitzt vor dem Fernseher und guckt zusammen *GNTM*. (Ömer ist nicht da, weil der ist ja im Knast.) Alle kommentieren wild durcheinander, wie immer.

Dafne: Oh, ist die Kandidatin voll schön! Die gewinnt bestimmt.

Fatma: Und ihre Frisur! Total süß! Lass ich mir auch machen!

Berat: Die is doch voll hässlich, die Hässlette!

Mehmet: Frauen sollten sich nicht so zeigen! Ist voll gegen Religion! Müssen alle Schleier-Schador-Burka tragen!

Dafne: Und wie soll man dann sehen, welche die Schönste ist? Mit 'nem Röntgengerät, oder was?

Mehmet: Stimmt auch wieder.

Fatma: Also denk nach, bevor du redest!

Mehmet: Ich red aber immer, ohne nachzudenken!

Defne: Eben!

Anne: Hört auf zu streiten, Kinder!

Baba: Können wir jetzt *Alarm für Cobra 11* gucken, oder was!?

Alle: Never! Wir gucken GNTM!

Baba: Aber ich bin der *Baba*. Ich bestimme! Also schaltet sofort um!

Alle: Träum weiter, *Baba!* Wir gucken Topmodel!

Ich sage übrigens ausnahmsweise gar nichts. Liegt daran, dass ich schlechte Laune habe. Liegt an der Jauche-Kompost-Altöl-Aktion mit dem Volltrottel Justus Bieber.

Die war natürlich voll krass witzig. Alle haben sich totgelacht. Alle haben mir auf die Schulter geklopft.

Alle.

Na ja, sagen wir: fast alle!

Leela Kapur nicht.

Nicht mal ein mikromäßig kleines bisschen.

Nach der Aktion habe ich mich neben sie gesetzt und gesagt: »Ey, Leela! Witzige Aktion, oder? Was meinsu, wollen wir heute nach der Schule zusammen abhängen? Nur du und ich, so?!«

Sie hat mich kopfschüttelnd angesehen und gesagt: »Ist das deine Art, einen neuen Mitschüler zu begrüßen? Echt jetzt, Abdi! Eigentlich mag ich dich, das weißt du. Aber das war eine total bescheuerte Aktion. Was hast du denn gegen den Neuen? Ich finde, er sieht ganz nett aus.«

»Aber ...«

»Jedenfalls habe ich heute keine Lust, mit dir etwas zu machen.«

Danach hat sie kein Wort mehr mit mir geredet!

Voll krass schlimm.

Leela ist nämlich mein Topmodel! Schon immer gewesen! Bin voll verliebt – was ich natürlich neverever niemals zugeben würde. Ist ein voll krasses Top-Secret-Geheimnis!

Unglücklichverliebt-MegaseufZ!

Aber dann fange ich sharknadomäßig an zu grinsen. Wegen diesem Justus-Bieber-Schwachmaten und seiner Herausforderung! Scheint eine original Tatsache zu sein – er will einen Battle! Er will **KING OF SCHOOL** werden, was er natürlich niemals schaffen wird. Null Chance! Trotzdem wird es bestimmt witzig! Superheftig *R2D2*-mäßig zum Totlachen! Vielleicht wird dieser Justus ja das, was ich mir immer gewünscht habe: mein BFE, mein BEST FEIND EVER!

JUSTUS:

Rache ist Blutwurst

Rache wird am besten kalt serviert. Wie ein tiefgefrorenes Fischstäbchen. Sieht lecker aus. Aber wenn du reinbeißt, tut es richtig weh.

Für die Schleimattacke wird Abdi büßen. Und zwar so richtig! Ich habe auch schon ein paar super Ideen, wie ich's ihm zurückzahle!

Das Problem ist nur, dass ich es unmöglich alleine mit ihm und seiner Ghetto-Gang aufnehmen kann. Ich brauche Verstärkung. Ich brauche auch eine Gang. Erst dann kann der Battle richtig beginnen.

Dummerweise will niemand an der Schule in mein Team eintreten. Weil Abdi eigentlich ziemlich beliebt ist und immer für Abwechslung sorgt. Mein einziger Freund ist Derek Müller. Der hält zu mir, weil er sowieso nichts zu verlieren hat (und ich ihm meine Pausenbrote abtrete).

In der Pause sitzen Derek und ich zusammen im Gebüsch hinter der Turnhalle. Ist unser neues Geheimversteck. Er erklärt mir geradeheraus, was mein Problem ist. »Kein normaler Schüler wird Mitglied in deiner Gang werden, Justus. Keiner! Die einzigen Typen, die du rumkriegen könntest, sind Loser wie ich. Die haben sich mit ihrem Schicksal abgefunden und denen ist eh alles egal. Aber die nützen dir für den Battle gar nichts. Weil sie eben Loser sind.«

»Na und?! Besser als nichts.«

»Im Ernst?«

»Klar.«

»Okay, dann stelle ich dir ein paar Leute vor! Aber beschwer dich hinterher nicht bei mir. Ich habe dich gewarnt!«

Um Leela besser kennenzulernen und in ihrer Nähe zu sein, melde ich mich bei der Bollywood-Dance-AG der Schule an, die sie höchstpersönlich leitet. Beim ersten Training verschlägt es mir den Atem. Leela tanzt wie die Göttin Shiva! Elegant, geschmeidig und betörend! Ich bin noch verliebter als vorher. Dumm nur, dass ich wie der Elefantengott Ganesha tanze. Trampelig, eckig und abschreckend. Leelas Freundin Nuri sagt mir schon nach dem ersten Training, dass ich in der

Bollywood-AG vielleicht doch nicht ganz richtig bin. Vor allem nicht, wenn ich Leela für mich gewinnen möchte. Seufz! Nuri hat recht und ich melde mich wieder ab.

ABDI: Saftbefehl!

Um ehrlich zu sein, ist die Sache mit diesem Binischneu-Schwachkopf und dem Battle mein geringstes Problem. Was soll der Justus-Bieber-Typ schon gegen mich und die Jungs ausrichten?!

Was mich viel mehr beschäftigt, ist: Leela Kapur!

Seit dem Tsunami-Coup zeigt sie mir voll krass die kalte Schulter. Nur weil sie Mitleid mit diesem Schwachmaten hat. Verdammt. Mir muss echt schnell was einfallen. Schließlich soll sie meine Königin werden!

King Abdi I. und Queen Leela I. – Herrscher und Herrscherin über die Albert-Einstein-Gesamtschule,

die Stadt, das Land, die Welt und das gesamte bekannte Universum!

Dann habe ich eine krass gute Idee. Ich bin ja nicht nur Chaos-Künstler – ich bin ja auch Sänger!

Um genau zu sein, Rapper! So wie *Haftbefehl.* Mein Künstlername ist: **SAFTBEFEHL.**

Jetzt weiß ich, wie ich Leelas Herz erobere! Ich werde eine Performance für sie machen. Voll krass romantisch und so. Panzermäßig voll sensibel. Genialer Plan. Muss klappen!

Drei Tage lang sitze ich im Imbiss von Onkel Serhat und texte meinen Rap-Song für Leela. Wenn sie den hört, wird sie sich augenblicklich voll Prinzessin-Lea-und-Han-Solo-mäßig in mich verlieben und wir werden das glücklichste Paar der Welt ever!

Schließlich ist es so weit. In der großen Pause gehe ich zu Leela und sage: »Hörssu, Leela. Habisch Lied für disch gemacht. Willsu hören?«

»Muss das sein?«
»Logisch. Also, Lied geht so ...«

Ich gebe Gleb, Jawid und Eymen, die hinter mir stehen, ein Zeichen. Sie machen mit Mund und Händen soundmäßige Rhythmusgeräusche.

Dann beginne ich zu rappen:

Leela, bissu voll krasse Bitch Number one für misch.
Siehsu superkrass gut aus, bissu megahot.
Schlägt mein Herz Bummbumm nur für disch.
Sage ich zu alle andere Girls – no, you not!

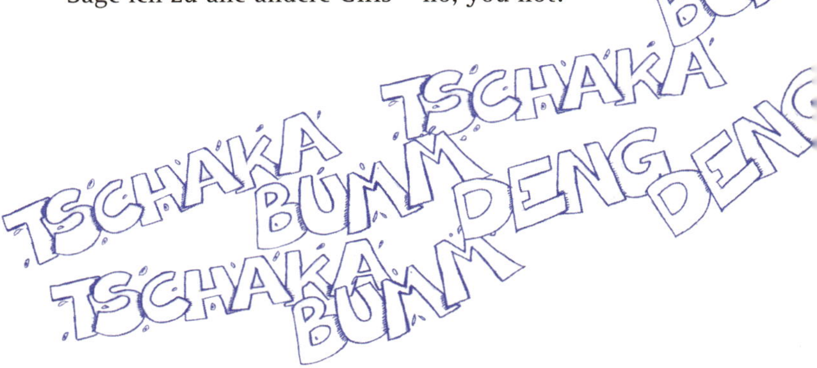

Leela, denkisch ganze Zeit original nur an disch!
Hassu heftig schönste Augen von ganze Welt!
Wenn du mein Baby wirst, freu isch misch!
Teilisch mit dir, schwörisch, mein Taschengeld!

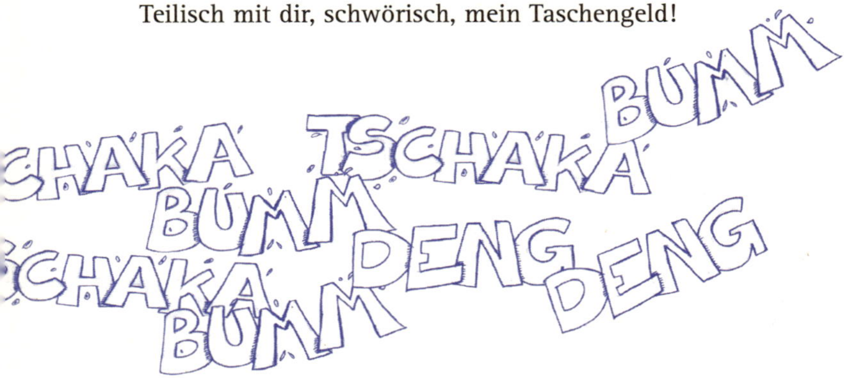

Mein Rap ist zu Ende und ich sehe Leela gespannt an. Ich glaube, es hat funktioniert. Sie ist jetzt bestimmt hammermäßig verliebt in mich. Jedenfalls wirkt sie wie hypnotisiert. Wie weggetreten. Dann aber dreht sie sich einfach lachend um und geht weg.

Verdammt, war mein Rap doch nicht so original genial, wie ich dachte, oder was?!

JUSTUS:
Die neue Gang

Ein paar Tage später steht dank Dereks Hilfe meine Truppe – und der Battle kann starten. Es stimmt schon, es sind nicht gerade die hipsten, coolsten und mutigsten Leute, die sich mir angeschlossen haben.

Aber egal. Hauptsache, ich bin nicht mehr allein!

Neben Derek gehören zu meiner neuen Gang:

Rahul Gupta. Er stammt aus Bangladesch. (Das ist ein weit entferntes Land, das meistens unter Wasser steht. Wenn man reich werden will, müsste man in Bangladesch einen Gummistiefel-Shop aufmachen.) Rahul ist ziiiiieeeemlich klein und schmal. Alle halten ihn für einen Spätzünder, dabei ist er ein Mathe-Genie!

Kira Nguyen. Seine Eltern stammen aus Vietnam. Man könnte denken, dass Kira ein Mädchen ist, weil er redet wie ein Mädchen, aussieht wie ein Mädchen, sich schminkt wie ein Mädchen und auch ständig heult wie ein Mädchen – und einen Mädchennamen hat. Eigentlich ist sie aber ein Junge, das halt ein Mädchen sein möchte.

Adam Adam. Er heißt mit Vornamen Adam und sein Familienname ist auch Adam, weswegen er Adam^2 genannt wird. Sein Vater stammt aus dem Kongo und seine Mutter aus dem Senegal, er selbst wurde aber in Deutschland geboren. Adam^2 ist, im Gegensatz zu Rahul, riesengroß. Fast ein Meter neunzig. Trotzdem ist er total schüchtern und sehr, sehr ... also wirklich sehr schweigsam. Gerüchtehalber hat Adam^2 vor einem halben Jahr zuletzt etwas gesagt. Und da auch nur ein einziges Wort und das sehr, sehr leise. Wenn man ihn fragt, warum er nie etwas sagt, zuckt er nur stumm mit den Schultern.

Ich sehe mir meine neue Gang an und bin total zufrieden. Trotzdem ist mir klar, dass wir Abdi und seiner Ghetto-Gang nicht in einer offenen Schlacht gegenübertreten können. Sie würden uns plattmachen, bevor wir auch nur »Piep« gesagt hätten.

Wir müssen definitiv eine bessere Idee haben.

Aber dafür gibt es ja mich!

Den *Streichinator*.

Ich weiß auch schon, wie wir Abdi und den anderen zeigen, dass ab sofort ein anderer Wind an der Schule weht. Und dass Abdi nicht der Einzige ist, der für Abwechslung und gute Laune sorgen kann.

Trotzdem mache ich mir keine Illusionen. Bis die Mehrheit der Mitschüler mich für den KING OF SCHOOL hält, muss noch einiges passieren.

SCOREBOARD ABDI-JUSTUS-BATTLE:
TEAM ABDI: 1000
TEAM JUSTUS: 0

ABDI: Mädchen und andere Probleme

Ein paar Tage später. Gleb, Jawid und Eymen passen mich vor der Schule ab. Gleb sagt mit Verschwörerstimme: »Jetzt wird's ernst, Digga. Der Justus-Typ hat ein Team am Start.«

»Wie jetzt? Was für Team?«, frage ich.

»Der Walfisch, der Zwerg, das Jungemädchen und der schwarze Riese sind jetzt seine Freunde«, erklärt Jawid. Dazu wedelt er mit der Hand, als wäre das ein Problem.

Ich lache Jabba-the-Hutt-mäßig laut heraus. »Fett, Diggas. Kann Battle starten. Los, gehn wir angucken, die Supertruppe.«

Wir ziehen über den Schulhof und halten Ausschau nach dem Justus-Typen und seinen neuen Mutantenfreunden. Dann entdecken wir sie

hinten beim Schulgemüsegarten, direkt unter der großen Eiche. Sieht fast so aus, als würden die auf uns warten. Sie grinsen sogar. Wird ihnen aber auch nichts nützen.

»Hey, Justus-Matschbirne. Freut mich, bissu nicht mehr allein«, sage ich zur Begrüßung.

»Nett von dir, Abdi. Sonst noch was?!«

»Willsu immer noch Battle?!«

»Klar.«

»Okay, fangen wir sofort an!? Hier und jetzt!? Wir vier gegen euch fünf?«

»Kein Problem. Dann kommt doch her.«

Ich gebe den Jungs ein Zeichen und mache einen Satz auf Justus und seine schwachmatenmäßige Gang zu – doch plötzlich höre ich so ein komisches Geräusch. Direkt unter mir. Eine Art Schnappen. Dann zieht sich etwas blitzschnell um meinen Fuß. Es ist eine Schlinge, wie die Typen in den Tierfilmen das immer benutzen. No!, denke ich. Gleich werde ich kopfüber irgendwo oben an einem Ast baumeln. Doch nichts passiert. Ich werde nicht in die

Höhe katapultiert – dafür kann ich mich jetzt überhaupt nicht mehr bewegen!

Neben mir geht es Gleb, Jawid und Eymen genauso!

Alta! Was geht denn hier ab?!

Wir versuchen, uns zu befreien, ziehen und zerren an den Schlingen. Aber das bringt nullkommanull überhauptnix! Mit wütender Terminatorstimme schreie ich: »Ey, Bieber, was soll das?! Machsu sofort die Schlingen ab oder wir machen dich und deine Buddys zu Hackfleisch!«

Auch Gleb und Jawid sind hurricanemäßig wütend, schreien rum, drohen, schlagen in die Luft. Hilft leider gar nichts! (Und Eymen, der gar nichts kapiert, fängt an zu heulen.)

Der Justus-Typ steht vor uns und grinst. Seine Alien-Schwachmaten haben sich neben ihm aufgereiht und grinsen genauso fett. Als wäre das hier Weihnachten, Ostern und *Ramazan Bayrami* an einem Tag!

Der Justus-Typ fragt: »Hey Abdi. Dachtest du wirklich, der Battle geht ohne Schmerzen ab?«

»Digga, lass uns frei! Oder isch mach disch Döner und verkauf disch in Imbiss!«

»Kannst du gerne versuchen.«

»Du bist Friedhof, Justus Bieber. Und deine Mutanten auch, Alta! Aber mieseste Ecke von Friedhof. Da wo Pennerhunde und Lehrer und

Pickelmädchen begraben werden. Aber vorher lass ich dich Burger aus deiner eigenen Schuhsohle essen! Ich panier dich eigenhändig und mach Justus-McNuggets aus dir! Ich mach dir Betonschuhe und versenk dich in Badewanne!«

Mir fallen noch eine ganze Reihe weiterer Flüche und Drohungen ein. Aber dann mache ich lieber den Mund zu. Ist besser. Justus und die Alien-Freaks zücken nämlich ihre Blasrohre und fangen an, uns mit riesigen klebrigen, stinkigen Schimmelrosinen zu beschießen, die alle an uns kle-

ben bleiben. Nach ein paar Minuten sehen wir aus wie supereklige Popelmonster. Dann bewerfen sie uns auch noch mit alten Tomaten und Matschobst, sodass wir uns nach und nach in lebende Komposthaufen verwandeln ...

Als wär das nicht schon die schlimmste Sache ever, fangen jetzt auch noch ein paar unserer Mitschüler an, sich an der Werferei zu beteiligen. Bieber und die Mutanten stiften ihnen die Munition – und sie ballern fröhlich lachend in unsere Richtung! Was für eine Niederlage!

Ganz nebenbei muss ich Eymen trösten. Der ist halt ein Schwachkopf und kapiert nicht, was los ist. Hat aber voll Angst! Da hört der Spaß auf! Ich nehme seine Hand und sage: »Ist gut, Eymen. Ist nicht schlimm, Alta. Ich pass auf dich auf. Machst du dir nix keine Sorgen!«

JUSTUS:

Checkermäßig hammer!

Die Schlingen-Aktion und die Faule-Tomaten-Dusche waren ein Riesenerfolg! Erstens war es ein Genuss, mich an Abdi und der Ghetto-Gang für den Ekeltsunami zu rächen. Zweitens – und noch viel wichtiger: Ein paar Mitschüler haben die Seite gewechselt. Sie supporten jetzt mein Team und nicht mehr das von Abdi!

SCOREBOARD ABDI-JUSTUS-BATTLE:
TEAM ABDI: 966
TEAM JUSTUS: 44

Klar, ich bin noch meilenweit davon entfernt, der neue **KING OF SCHOOL** zu werden. Aber ein Anfang ist gemacht.

Übrigens habe ich meine neuen Fans gar nicht dadurch gewonnen, dass ich Abdi und die Ghetto-Gang mit dem Tomaten-Dauerfeuer fertiggemacht habe. Das war ja nur Teil I der Aktion. Teil II war viel cooler. Und wichtiger.

Denn dadurch konnte ich den anderen zeigen, was der *Streichinator* sonst noch drauf hat. Mit der Hilfe von Derek, Rahul, Kira und Adam2 habe ich den ganzen Rest der faulen Tomaten und des Matschobstes in der Schule verteilt –, um genau zu sein, auf den Stühlen und Sesseln im Lehrerzimmer. Ach ja, über der Tür vom Lehrerklo haben wir außerdem eine kleine Matsch-Tomaten-Dusche installiert, zusätzlich gespickt mit einer Riesenportion weich gekochter Spaghetti. Abbekommen hat sie Herr Trimbowski, der Latein und Mathe unterrichtet und ganz zufällig der unbeliebteste Lehrer überhaupt ist. Er sah danach aus wie das fliegende Spaghetti-Monster persönlich. Als ihn ein paar der älteren Schüler sahen, haben sie sich spontan hingekniet und ihn angebetet – nur um sich dann vor Lachen durch die Schulkorridore zu kugeln.

Ihr kennt das fliegende Spaghetti-Monster nicht? Solltet ihr, es ist nämlich eine Art Gott, an den viele Leute auf der ganzen Welt glauben. Ob es das Spaghetti-Monster wirklich gibt? Wer weiß das schon?

Nach der Aktion waren wir jedenfalls plötzlich die absoluten Heroes! Alle wollten mit Derek, Rahul, Kira, Adam2 und mir reden! Sie klopften ihnen (und mir) ungefragt auf die Schulter oder machten Selfies mit uns.

Leider war Leela nicht dabei. Sie kam erst später zu mir, als die anderen schon weg waren. Sie strahlte mich an und sagte: »Das mit Herrn Trimbowski war total super. Er hat's echt verdient ...«

»Aaaaber?«, fragte ich mit einem seltsamen Gefühl.

»Na ja, dass du Abdi so fertiggemacht hast, war blöd.«

»Aber ich hab mich doch nur gerächt.«

»Trotzdem!«

»Okay, dann denke ich mir nächstes Mal etwas Besseres aus.«

»Find ich gut«, sagte sie und strahlte wieder wie zuvor.

Ich räusperte mich, nahm all meinen Mut zusammen und sagte: »Übrigens, im Kino läuft ein neuer Bollywoodfilm. Könntest du dir vorstellen ... also hältst du es für möglich ... bestünde vielleicht die Möglichkeit, dass ...«

»Was?!«

»Dass wir zusammen hingehen? Du und ich?«

Sie sah mich neugierig und ein wenig überrascht an, legte den Kopf schief, lächelte dann und sagte: »Vielleicht!«

Bevor ich fragen konnte, was dieses *Vielleicht* bedeutete, drehte sie sich um und ging weg.

Ich starrte Leela nach und hatte Angst, dass sie noch am anderen Ende des Schulhofs hören konnte, wie mein Herz wummerte. Vor Freude!

Sie hatte zwar nicht Ja gesagt – aber eben auch nicht Nein!

Ein paar Tage später muss ich nach dem Unterricht bei Direktor Kakadu antreten. Offensichtlich ist ihm etwas zu Ohren gekommen. Er fuchtelt mir mit seinem riesigen Finger im Gesicht herum und sagt: »Ich war mir ganz sicher, dass hinter der Aktion mit dem faulen Obst und den Matschtomaten Abdi Halman steckt. Aber wie es aussieht, ist er ausnahmsweise nicht der Täter, sondern das Opfer.« An dieser Stelle muss Kakadu kurz auflachen, hält sich dann aber erschrocken die Hand vor den Mund. »Und da frage ich mich natürlich, ob du vielleicht diesmal ...«

»Ob ich was?«, frage ich und versuche, so unschuldig auszusehen wie ein neugeborenes Baby.

»Ob du, Justus, vielleicht der Übeltäter bist, der das Ganze angezettelt hat.«

Ich muss so laut schlucken, als hätte ich einen australischen Bullenfrosch im Hals. Noch vor ein paar Tagen hätte mich dieses Gespräch gefreut. Schließlich hat Kakadu damit gedroht, mich sofort von der Schule zu werfen, wenn ich irgendetwas anstelle! Nichts habe ich mir mehr gewünscht. Jetzt aber gibt es den Battle – und jetzt gibt es Leela Kapur. Deshalb ist alles anders. Ich will gar nicht mehr von der Schule geworfen werden. Ganz im Gegenteil!

Aber wie soll ich aus der Nummer rauskommen? Soll ich einfach lügen?

Ich will gerade etwas sagen, als Kakadu den Finger hebt und »Schscht« macht. Er schüttelt den Kopf und flüstert: »Sag jetzt lieber gar nichts, Justus. Es ist näm-

lich so, dass auch viele Lehrer den Kollegen Trimbowski nicht leiden können. Darum hatten sie an dem Tag, als er die Spaghetti abbekommen hat, richtig gute Laune. Andere Kollegen, die sich in einen Haufen Matschobst gesetzt haben, waren allerdings weniger gut gelaunt. Aber egal, ich habe jedenfalls beschlossen, nicht weiter nach dem Täter zu fahnden.«

»Wow! Das ist wirklich ... also äh ... ich bin sprachlos.«

»Tststs ... bevor du allzu laut losjubelst, sollst du eines wissen, Justus. Wer auch immer für diesen Streich verantwortlich ist, ihm sollte klar sein, dass ich so etwas nicht noch einmal dulden werde! Haben wir uns verstanden?«

»Aber absolut total, Herr Kakadu. Sollte ich den Täter zufällig treffen, werde ich es ihm sagen! Versprochen!«

»Ich heiße nicht Kakadu, sondern Kawendel-Dussmann. Um genau zu sein, DOKTOR Kawendel-Dussmann! Merk dir das!«

»Aber das weiß ich doch, DOKTOR Kakadu.«

»Raus!«

»Bin schon weg.«

Als mich meine Eltern ein paar Tage später wieder einmal fragen, wie es in der neuen Schule so läuft, muss ich zum ersten Mal nicht lügen: »Ist fett in Ordnung«, sage ich. »Echt checkermäßig hammer.«

Meine Eltern sehen sich irritiert an. Meine Mom sagt: »Das ist schön zu hören, Justus. Aber früher hast du nicht so geredet ...«

ABDI:
Schlimm, schlimmer, am schlimmsten

Nach schlimm kommt schlimmer. Dann kommt am schlimmsten. Und danach ist da noch: oberhammerkrass am allerschlimmsten.

Die Niederlage, die mir dieser Justus-Typ mit seiner Matschobst-Aktion zugefügt hat, ist SCHLIMM. SCHLIMMER ist, dass er mit Trimbowski ausgerechnet meinem Sharknado-Spezialfeind eins ausgewischt hat. Weil für mich Latein eine Krankheit und Mathe eine Seuche ist. Eigentlich müsste ich Justin Bieber also dankbar sein (außerdem war die Bolognese-Dusche eine echt megawitzige Idee)!

AM SCHLIMMSTEN ist, dass ich nach Bieber ebenfalls zu Direktör Kakadu gerufen werde, der mich aber nicht wie sonst fertigmachen will. Stattdessen gratuliert er mir mit einem fetten

Grinsen im Gesicht – weil endlich einmal nicht ich für eine Chaos-Aktion an der Schule verantwortlich bin.

Lieber Abdi, ich möchte dir die Hand schütteln und dir gratulieren! Heute ist wirklich ein toller Tag. Wieder einmal ist die Schule von einem Streich erschüttert worden, aber der Oberstreichespieler, der Nervtöter schlechthin, mein Albtraum, mein Fluch, meine Strafe (ich rede von dir, Abdi) – ist UNSCHULDIG!

Am OBERHAMMERKRASS ALLERSCHLIMMSTEN ist aber, dass in den folgenden Tage noch mehr Schüler das Team wechseln, unter anderem weil Justus ihnen weitere Spaß-Aktionen verspricht ...

SCOREBOARD ABDI-JUSTUS-BATTLE:
TEAM ABDI: 932
TEAM JUSTUS: 66

Grooooaaaaar! Ich fühle mich voll Darth-Maul-mäßig stinkwütend! Wenn das so weitergeht, wird dieser Justus Bieber noch ... ach Quatsch! Nichts wird neverever passieren! Schließlich bin ich nicht irgendwer! Ich bin King Abdi, KING OF SCHOOL, King of Chaos!

Am Abend hocke ich in meinem Zimmer und höre mit voll krasser Lautstärke *Haftbefehl.* Dieser Justus-Typ wird sehr bald sein blaues Wunder erleben! Der Battle hat schließlich gerade erst angefangen! Und genauso schnell wird er auch zu Ende sein! Weil der Supertrottel nämlich aufgeben wird. Genau in dieser Sekunde habe ich eine krass geniale Idee, wie ich ihm beweisen werde, dass er nicht die geringste Chance gegen mich hat. Er wird neverever jemals niemals KING OF SCHOOL werden.

JUSTUS:
Ab in den Urwald

Heute beginnt die Projektwoche für die siebten und achten Klassen. Es geht raus in die Natur, wo wir Pflanzen und Tiere erkunden und lernen sollen, wie die verschiedenen Lebensformen jeweils verschiedene ökologische Nischen besetzen. Freue mich total. Kein Unterricht. Den ganzen Tag draußen sein. Und vor allem jede Menge Gelegenheiten, weitere Streiche zu spielen! (Das ist nämlich meine ökologische Nische: Ich bin der Homo streichinensis!)

Als ich mit Derek, Rahul, Kira und Adam^2 vor der Schule

aufkreuze, herrscht schon das totale Chaos. Drei große Reisebusse stehen mit laufenden Motoren vor dem Schulhof. Alle schreien herum, schubsen und drängeln in riesigen Trauben vor den Bustüren. Jeder will sich den besten Platz sichern.

Ich halte Ausschau nach Leela und entdecke sie vor dem ersten Bus, in den sie gerade einsteigt. Eigentlich habe ich ja gehofft, dass ich mich vielleicht ganz zufällig direkt neben sie setzen kann ... Aber Leela ist natürlich mit ihren Freundinnen zusammen, also mit Michaela Meyer-Meier-Maier (wir nennen sie so, weil sie nicht weiß, wie ihr Nachname geschrieben wird), mit Nuri Acikgöz (die wir Nuri Algenkotz nennen) und mit Dorin-

Chantal-Samanta-Jaqueline Puffpaff (die heißt wirklich so, darum hat sie auch keinen Spitznamen).

Die Mädchen wollen im Bus natürlich zusammensitzen – und kein Junge darf in die Nähe. Aber das ist schon okay. Kein Problem. Ich habe ja noch den ganzen restlichen Tag Zeit, mit ihr ins Gespräch zu kommen und ihr zu beweisen, dass ich eigentlich ganz anders bin – nur dass ich leider so selten dazu komme. Und natürlich um unsere Verabredung zum Kino klarzumachen.

Der Schulausflug geht aufs Land, wo wir unter anderem zu einer alten Burg wandern. In dem alten Gemäuer soll es eine riesige Fledermauskolonie geben. Ziemlich cool.

Noch cooler ist die Vorstellung, dass Leela vielleicht Angst vor Fledermäusen hat und ich sie dann beschützen kann. Oder wir seilen uns zusammen von der Gruppe ab und verkrümeln uns oben auf den Turm der Burg. Da können wir dann die Bollywoodsongs hören, die ich extra auf mein Handy geladen habe.

Voll romantisch ...

»Ey, Justus, wach auf, wir müssen einsteigen!«

Ich blinzel mit den Augen. Dauert eine Weile, bis ich checke, wo ich bin. Ich blicke direkt in Dereks Gesicht und grinse. »Ach so, ja klar. Los, wir steigen ganz vorne in den ersten Bus!«, sage ich.

»Wegen Leela, oder was? Vergiss es, der erste Bus ist schon voll.«

»Dann in den zweiten!«

»Ist auch schon voll.«

»Wir steigen ganz hinten ein, da ist nicht so viel los«, erklärt Rahul.

»Ist gut.«

Gemeinsam gehen wir an den Bussen entlang. Am Ende steht noch ein kleineres, eher schrottiges Exemplar, in das natürlich niemand einsteigen will. Wir aber finden es super. Wir haben den Bus nämlich für uns ganz allein!

Kurz darauf geht es los. Die Busse setzen sich in Bewegung. Unserer ist leider total lahm und bald schon sind die anderen am Horizont verschwunden. Wir drängeln den Fahrer, mehr Gas zu geben. Er aber zuckt nur mit den Schultern und sagt mit einer seltsam kratzigen Stimme: »Macht ihr nix Stress, Altas. Ist alte Büs, ist alte Mötör, ist nix Formel-1-Turbo-Speedbüs. Kommt ihr früh genug an, glaubt mir! Wollt ihr gar nix früher da sein.«

Dann lacht der Fahrer gangstermäßig und beachtet uns nicht weiter.

ABDI:

Zwitscher, Röhr, Grunz

Jawid ist Boxer. Er hat mir mal erklärt, dass Boxen in erster Linie eine Frage der Geduld ist. Du darfst nicht direkt wie ein Verrückter nach vorne stürmen, weil du dir sonst einen Konter einfängst. Du musst genial-schlau auf die richtige Gelegenheit warten. Erst dann darfst du angreifen.

Mir ist checkermäßig klar geworden, dass es mit Mädchen genauso ist. Man darf nicht sofort aufs Ganze gehen. Man muss geduldig auf seine Gelegenheit warten und dann erst rangehen ...

Ich bin mir voll sicher, dass heute meine Gelegenheit kommen wird. Bei Leela. Ich werde den Schulausflug nutzen und sie davon überzeugen, dass ich eigentlich dreamboymäßig nett und pandamäßig kuschelig bin und so.

Nachdem die Busse auf dem Parkplatz angekommen sind, wandern wir los. Soll voll krass drei Stunden dauern bis zur Fledermausburg, erklärt Kakadu, der auch mitwan-

dert. Er ist ja nicht nur unser Direktör, sondern außerdem Erdkundelehrer.

Wir wandern also so durch die Gegend und Frau Trautmann-Engelbrecht, die Biolehrerin, textet uns schnarchmäßig zu. Sie redet über Bäume, Vögel und Tiere, über Fototesafilm (wo die Bäume Qualm atmen und Luft rülpsen oder so), über ökologisch und öko-unlogisch und Klimaverwandlung und so. Die Streber so: lauschlausch. Ich und die Jungs so: klapp-die-Ohren-zu.

Irgendwann ist uns so langweilig, dass wir das machen, was wir immer machen: Chaos. Gleb ballert mit seiner Luftpistole auf Vögel. Jawid versucht, einen Bieber zu fangen, um sich eine Mütze draus zu machen (was er nicht schafft). Boztepe, ein anderer krasser Checker, hat seine Motorsäge dabei und fällt ein paar Bäume. Die Trautmann-Engelbrecht fängt an zu schreien wie ein schwangeres Lama, was wir voll öko-unlogisch finden, weil jetzt alle Tiere im Wald voll verschreckt die Klappe halten. Kakadu droht damit, dass wir auf der Stelle wieder nach Hause fahren, was alle Schüler eine krass gute Idee finden. Kakadu checkt es natürlich und droht dann doch lieber damit, dass wir auf keinen Fall nach Hause fahren, was alle Schüler echt krass blöd finden.

Wir schlurfen also so wandermäßig immer weiter. Latschlatsch, stöhnstöhn tief in den Wald rein. Nach einer Stunde oder so sind wir in der voll krassen wildschweinmäßigen Natur. Nur noch so Bäume und Blätter und Pilze. Kein Auto zu hören, kein Flugzeug, gar nichts. Nur so vogelmäßig *zwitscher* oder hirschmäßig **RÖHR** und wildschweinmäßig **grunz**.

Plötzlich bleibt Laura Losebeck (nennen wir natürlich logisch Laura Loser) stehen und schreit voll los, aber so richtig Dracula-hat-mich-gebissen-es-war-nicht-Edward-mäßig. Totale Panik:

Hiiiiihaaaaarrrrrr-uuuuuuaaaaa!

Laura wird blass wie weiße Wand und dann grün wie Frosch, ihre Augen rollen so gehirnschlagmäßig nach hinten, sie zittert am ganzen Körper wie damals, als wir sie mit einem Elektroschocker geärgert haben.

Diesmal aber sind wir unschuldig, ischwör.

Kakadu rennt zu ihr hin, andere Lehrer genauso. Alle voll Panik-die-stirbt-mäßig in Action. »Laura! Was ist denn los? Bist du von einer Schlange gebissen worden? Oder von einer Hornisse gestochen? Red schon, Laura!«, schreit Kakadu auf sie ein.

Laura liegt auf dem Boden, röchelt, kann nur mit Mühe sprechen: »Ist viel schlimmer, Kakadu. Ich ... hab ... kein ... Netz!«

Beweismäßig hält sie ihr Handy hoch.

Sofort zücken alle anderen auch die Handys. Dann schreien sie rum, zittern, würgen, werden weiß wie Wand und grün wie Frosch.

Kakadu und die Lehrer schütteln die Köpfe, stemmen die Hände in die Hüften. Haben null Verständnis, sind stattdessen total sauer. Kakadu so: »Das meint ihr ja wohl nicht ernst! Kein Netz?! Ist das denn so schlimm?!«

Alle Schüler starren ihn null-Check-mäßig an. Moritz Troller, Schulsprecher und sonst blöder Oberätzstreber, schiebt sich nach vorne und erklärt: »Das ist eine totale Katastrophe, Kakadu! Wenn jetzt einem von uns was passiert! Stellen Sie sich das mal vor! Könnten wir das nicht auf Insta posten! Das geht echt gar nicht! Wir müssen sofort umdrehen!«

Kakadu schnaubt godzillamäßig: »Wir gehen weiter! Sofort! Ich will nichts mehr von Netzen und Handys und Insta hören!«

In dem Augenblick hören wir die Stimme von Ahmed Abdul Al-Mawardi, ein Mitschüler und voll krasser Ist-aus-Syrien-geflohen-Checker: »Ey, Leute. Müsst euch keine Sorgen mehr machen! Ich hab Problem gelöst!«

Wir sehen uns suchend um. Wo ist Ahmed?

Schließlich entdecken wir ihn auf der Spitze einer riesigen Fichtenlerchentanne, also so ein riesiger Baum mit ohne Blätter, dafür mit Nadeln. Ach so, ja klar, ist Weihnachtsbaum, aber dreißig Meter hoch und ohne Kugeln.

Der Baum schwankt unter Ahmeds Gewicht Jo-Jo-mäßig hin und her. »Hier oben ist Netz, Leute! Ich mach mobile W-LAN für euch, könnt ihr posten!«

»Komm sofort runter, Ahmed«, schreit Kakadu. »Auf der Stelle!«

»Geht nich. Ich trau nich«, schreit Ahmed zurück.

»Du! Kommst! Auf! Der! Stelle! Runter!«

In diesem Augenblick bricht die Spitze der Fichtenlerchentanne ab und Ahmed stürzt in die Tiefe. Noch während er fällt, schreit er: »Ist gut, Kakadu. Ich komm runter.«

Die Wanderung geht weiter. Leela und ihre Freundinnen aber sind schon zehn Minuten später olympiamarathonmäßig am Ende. Sie sind voll schwitzkreischautsch-brauche-Wiederbelebung-mäßig fertig.

Ist ja auch kein Wunder. War natürlich logisch eine krass schlechte Idee, mit High Heels zum Schulausflug zu kommen. Die Lehrer waren voll sauer. Aber sie haben den Mädchen verboten, einfach im Bus zu bleiben und darauf zu warten, dass wir anderen wiederkommen. Jetzt haben die Girls quallenmäßig riesige Blasen an den Füßen und können kaum noch laufen.

Irgendwann ist der Zufußgeh-Akku von den Mädels ganz leer. Leela bleibt stehen und sagt: »Ich mache keinen Schritt mehr. Und wenn Kakadu mich eine ganze Woche lang nachsitzen lässt. Ist mir egal. Ich bin am Ende.«

Sie setzt sich auf einen umgestürzten Baum (den Boztepe vorhin gefällt hat), streift sich die Schuhe von den Füßen und seufzt.

Das ist der Moment für meinen Auftritt. Ich springe aus dem Gebüsch, lächele Leela an und sage: »Hey, Leela. Deine Füße sehen ja echt so lepramäßig autsch aus. Voll krass verfault. Tut mir echt leid. Sollisch auf deine Blasen pusten? Hilft vielleicht, oder was.«

»Nee, lass mal, Abdi. Aber es tut echt total weh. Ich kann keinen Schritt mehr machen«, erklärt sie.

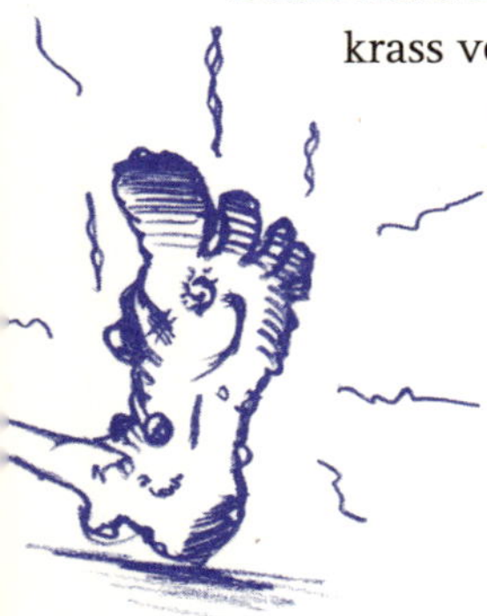

»Also, wenn du willst so, dann kannisch dich tragen«, sage ich und sehe sie voll Kulleraugen-Dreamboy-mäßig an.

»Echt jetzt?«, fragt sie.

»Klar, echt, ischwör. Ist voll selbstverständlich für einen Gentleman-Checker wie mich, dass er Lady trägt, wenn ihr die Füße wehtun.«

»Ja, also. Das wäre schon klasse.«

Sagsu, Machsu. Kurz darauf stapfe ich mit Leela huckepackmäßig durch die Landschaft. Die anderen Girls, also die Meyer-Meier-Maier, die Algenkotz und die Puffpaff trippeln hinter uns her und klatschen in die Hände und rufen: »Oh, das ist ja soooo süß von dir, Abdi!«

»Du bist wirklich ein Gentleman.«

»Die anderen sollten sich ein Vorbild an dir nehmen!«

»Danke, Girls, weißischdoch. Aber jetzt lasst misch in Ruhe, sonst stolper ich noch und lass Leela in Matschepfütze fallen, wollt ihr nicht, oder was!«

Die Girls geben Gas, um die anderen einzuholen und andere Jungs zu fragen, ob sie sie auch tragen. Die anderen Jungs sagen Ja, heben die Girls hoch und lassen sie direkt in den Matsch fallen. Auch lustig.

Ab und zu machen Leela und ich eine Pause. Weil so super almasedmäßig leicht ist Leela auch wieder nicht.

Einmal sagt sie: »Weißt du was, Abdi? Ich finde, du und Justus, ihr solltet mit dieser Battle-Sache aufhören.«

»Warum?«

»Weil es nervt und überflüssig ist. Ich glaube, wenn ihr mal ganz normal miteinander reden würdet, könntet ihr sogar Freunde werden.«

»Ja, ne, is klar. Vielleicht so in tausend Jahren oder so.«

»Versuch's doch einfach mal.«

»Redisch lieber mit Toilette, wo ist nicht abgezogen, als mit dem. Außerdem war Battle seine Idee, nicht meine.«

Leela rollt mit den Augen und seufzt. »Apropos, wo ist Justus eigentlich? Und seine Freunde? Ich habe die nicht mehr gesehen, seit wir heute Morgen losgefahren sind.«

Ich so: räusperräusper. Schluck. Hüstel. Guck-in-die-Gegend.

Leela so: »Abdi! Wo? Ist? Justus?«

Ich so: »Der Justus-Typ? Habisch zero null keine Ahnung, schwörisch. Also echt nicht keinen blassen Schimmer völlig negativ-checkmäßig weißüberhauptgarnisch! Glaubsumir?«

»Kein Wort.«

»Eschtnisch?«

»Nee. Eschtnisch!«

JUSTUS:
Lost in Transsylvanien

»Wo, verdammt noch mal sind wir?«, frage ich zum ungefähr hundertsten Mal in den zurückliegenden drei Stunden.

Und zum ungefähr hundertsten Mal antwortet einer der Jungs:

»Keine Ahnung, Justus. Sieht so aus, als hätten wir uns derbe verlaufen.«

»Ach, glaubt ihr wirklich?«

»Na ja, also ...«

»Das war ein Witz! Natürlich haben wir uns verlaufen. Aber so was von!«

Es ist die Wahrheit. Seit Stunden versuchen wir alles Mögliche, um aus diesem unglaublich dichten, unglaublich dunklen, unglaublich unheimlichen Wald herauszukommen. Funktioniert aber nicht. Im Gegenteil, wir wissen immer weniger, wo wir sind.

Wir haben es sogar mit der Hänsel-und-Gretel-Methode versucht und eine Spur aus Brotkrummen gelegt. Hat nicht funktioniert. Wegen Derek. Er hat die Brotkrummen sofort aufgesaugt wie ein Trüffelschwein und runtergeschluckt. Mmmh, lecker!

Nach und nach ist mir übrigens klar geworden, was eigentlich passiert ist. Wir sind reingelegt worden. Und zwar von Abdi Halman. Beweisen kann ich es zwar nicht. Aber ich würde trotzdem mein Taschengeld der nächsten zwanzig Jahre drauf verwetten!

Warum ich mir so sicher bin? Zum Beispiel wegen der Busfahrt vorhin. Die endete nämlich ziemlich abrupt. Der verdächtig nach Streetgangster aussehende Fahrer machte eine Vollbremsung und sagte: »Sind wir da. Alle raus!«

Ich warf einen Blick aus dem Fenster und sagte: »Sind Sie sicher? Wir sind mitten im Wald! Und von den anderen ist nichts zu sehen.«

Er winkte ab und meinte: »Die anderen Trottel sind schon vorgegangen. Ihr sollt hinterhergehen.«

»In welche Richtung?«

»Egal. Irgendeine Richtung.«

Mit einem verdammt unguten Gefühl stiegen wir aus. Der Fahrer schloss die Türen und zischte mit Vollgas ab in Richtung Horizont. Ich sah ihm hinterher und entdeckte erst jetzt, was hinten auf dem Bus draufstand:

HALMAN-TOURS.
REISEN BIS ZUM ARSCH VON WELT,
GLAUBSU BESSER, IDIOT!

Hatte nicht mal irgendwer erwähnt, dass einer von Abdis ungefähr eine Million Cousins ein Reiseunternehmen hat? Für das Abdi die Werbesprüche erfindet?

Zu allem Überfluss stellten wir dann auch noch fest, dass alle unsere Handys weg waren. Geklaut! Vermutlich war das heute Morgen im Gewühle vor der Schule passiert. Wir hatten also kein GPS, konnten niemanden anrufen und uns nicht einmal die Zeit mit Handygames vertreiben. Gehörte garantiert auch zu Abdis teuflischem Plan!

Inzwischen laufen wir also schon seit Stunden durch die Gegend. Der Wald wird immer dichter und immer unheimlicher. Seltsame Tiergeräusche sind zu hören. Wir haben Hunger und Durst. (Derek hat längst unsere gesamten Vorräte aufgefuttert. Er hat sogar schon angefangen, Blätter, Baumrinde und Insekten zu essen, weshalb er Bauchweh und noch schlechtere Laune bekommen hat.)

Schließlich bleibe ich stehen und sage: »Wir brauchen einen Plan, Leute. Sonst sind wir übermorgen immer noch hier im Wald.«

Wir setzen uns an den Wegrand und halten Kriegsrat.

Rahul sagt: »Wir könnten ein Feuer machen und Rauchzeichen geben.«

»Und womit sollen wir Feuer machen?«, gebe ich zu bedenken.

»Wir könnten erst mal ein Reh oder einen Hasen fangen, grillen und uns satt essen«, schlägt Derek vor.

»Dafür müssten wir auch ein Feuer machen«, wende ich ein.

»Dann essen wir das Reh halt roh. Reh-Sushi. Ist bestimmt lecker.«

»Halt die Klappe, Derek.«

Adam² sagt: gar nichts.

Kira hebt plötzlich den Arm, zeigt mit zitterndem Zeigefinger auf ein Schild, das direkt neben uns am Wegesrand steht, und sagt: »Leute, wir sind tot!«

Wir gucken uns an. Dann schreien wir alle gleichzeitig los und klingen dabei vermutlich wie eine durchgeknallte Boygroup.

Sogar Adam² schreit. Es ist, glaube ich, das erste Geräusch, das er von sich gibt, seit ich ihn kenne.

ABDI:

Nix Gentleman!

Seit drei Tagen habisch gladiatormäßig voll krassen Muskelkater! Warum? Weil ich Leela Kapur drei Stunden durch den Wald getragen habe. Dann habisch sie durch die Fledermaus-Burg getragen und wieder zurück zum Bus!

Aber glaubt ihr vielleicht, sie ist dankbar? Oder sie ist jetzt meine Freundin?

Voll Gegenteil!

Als sie gecheckt hat, dass ich Justus Bieber und seine Mutanten-Freunde in den Urwald geschickt habe, war sie voll krass dinosauriermäßig sauer auf mich! Trotzdem musste ich sie weitertragen. Sie saß auf meinen Schultern, hat mich beschimpft und mir auf den Kopf gehauen!

Voll krass ätzend!

Gentleman? Never again!

Aber immerhin bin

ich jetzt wieder der unangefochtene KING OF SCHOOL. Alle lachen über Justus Bieber und die anderen Schwachköpfe, weil sie sich so haben reinlegen lassen! Die Matschtomaten-Dusche? Voll vergessen!

SCOREBOARD ABDI-JUSTUS-BATTLE:
TEAM ABDI: 1000
TEAM JUSTUS: 0

Justus Bieber und die anderen sind übrigens erst am Tag nach der Wanderung wieder aufgetaucht. Sie wurden von der Polizei in die Schule gebracht. Sahen aus wie dieser Crusoe-Typ vom Robinson-Club, voll Einsiedler-Zombiemäßig: zerfetzte Kleider, Schrammen im Gesicht, ausgehungert. Und voll krass sharknadomäßig wütend!

Justus und die Mutanten hatten voll Angst, von Wölfen gefressen zu werden. Ihr Glück, dass die Wölfe noch mehr Angst davor hatten, von Derek Müller gefressen zu werden. Die Viecher sind jaulend in Deckung gegangen.

JUSTUS:

Gas geben!

Es steht fest. Ich leihe mir den großen Mixer aus der Schulcafeteria und verwandle Abdi Halman in einen Riesensmoothie! Mit dem gefakten Schulbus und der Urwaldnummer ist er zu weit gegangen! Jetzt werden er und seine Ghetto-Buddies in Dosen verpackt und in der Tiefsee versenkt. Da können sie sich dann mit den Fischen unterhalten!

Drei Tage lasse ich mir Zeit, um eine gute Idee für den nächsten Coup auszutüfteln. Dann habe ich die zündende Idee! Ja, jetzt weiß ich, wie ich das Scorebaord zugunsten meines Teams drehen kann! Schließlich gibt es etwas, für das unsere Mitschüler mir garantiert super dankbar sein werden. Es ist genau das, wofür jeder Schüler, an jeder Schule, in jedem Land, auf jedem Kontinent, auf jedem Planeten dankbar wäre: ein unverhoffter Tag schulfrei!

Genial! Endlich wird der *Streichinator* seinem Namen alle Ehre machen! Schulfrei? Kein Problem – das habe ich schließlich schon öfter hinbekommen!

Jetzt entpuppt es sich übrigens auch als Vorteil, dass ich sozusagen Stammgast in Direktor Kakadus Dienstzimmer bin – wenn auch unfreiwillig. Jedes Mal, wenn er mir seinen dicken Finger ins Gesicht gestreckt und mir eine Gardinenpredigt gehalten hat, habe ich mich heimlich umgesehen. Ganz zufällig bin ich dabei auf die Telefonkettenliste gestoßen, die bei Schulausfällen genutzt wird, um alle möglichst schnell zu informieren. Aber noch viel wichtiger ist: Ich kenne auch das Codewort, mit dem Schulausfälle ans Radio übermittelt werden. (Das Codewort gibt es, damit im Radio keine Fake News gesendet werden, weil zum Beispiel unartige Schüler da anrufen und einfach behaupten, dass die Schule ausfällt. Hat man aber das Codewort, ist alles anders! Dann müssen sie einem glauben! Die Formel lautet: richtiges Passwort = keine Fake News.)

Ein paar Tage später sitze ich morgens mit meinen Eltern beim Frühstückstisch, als das Telefon klingelt. Meine Mutter geht an den Apparat, sagt ein

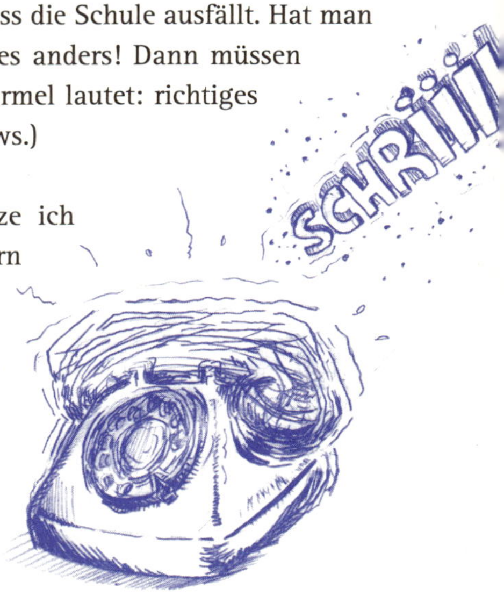

paar Mal: »Aha ... soso ... ich verstehe ... Sie sind ganz sicher? Ja, natürlich, ich werde sofort die nächsten Eltern informieren ...«

Mom legt auf und kehrt an den Essenstisch zurück. Dann tuschelt sie mit meinem Dad, der daraufhin die Stirn genauso in Falten legt wie sie.

»Was ist denn los?«, frage ich mit Flötunschuldsstimme.

Meine Mom sieht mich an wie Sherlock Holmes, der einen Verdächtigen verhört. Dann sagt sie mit misstrauischer Stimme: »Justus! Luisa! Ihr werdet es nicht glauben, aber das war Frau Ahlhorn, die Mutter von Klara-Marie und Johannes. Sie ist in der Elterntelefonkette vor uns und lässt ausrichten, dass ihr heute hitzefrei habt!

»Wow«, sage ich. »Das ist ja cool. Oder besser gesagt, das ist ja hot!«

Dad blickt demonstrativ aus dem Fenster. Es ist ein grauer, regnerischer Tag und das Gegenteil von warm. Er räuspert sich und sagt: »Spuck's schon aus, Justus. Wie hast du es angestellt? Hitzefrei – bei nicht einmal zwanzig Grad? Das kann doch nur auf dein Konto gehen!«

»Iiiiiich?! Gaaaar niiiiiiichts habe ich gemacht!«, sage ich und hebe die Hand zum Indianerehrenwort (zugegeben, ich gehöre dem Stamm der Lügokesen an).

Mom und Dad stöhnen nur: »Nicht schon wieder!«

»Ich. Bin. Unschuldig! Echt jetzt total, schwörisch voll krass, ist nix als Wahrheit!

»Und hör auf, so komisch zu reden!«, keift meine Mom.

»Aber es ist total unfair, dass ihr immer denkt, dass ich an allem schuld bin.«

Dad lacht nur und sagt: »Du beschwerst dich, dass wir dir nicht glauben, Justus? Ist das dein Ernst? Soll ich dich mal an ein paar Dinge erinnern? Letztes Jahr fiel die Schule wegen Glatteis aus – im August! Im Jahr davor war sogar eine ganze Woche frei, weil die Schule einfach aus Google Maps und allen Navigationsgeräten gelöscht worden war – die Auto-Eltern wussten nicht mehr, wo sie ihre Kinder morgens hinbringen mussten. Und davor fiel die Schule aus, weil auf dem Schulhof angeblich ein Exemplar des längst ausgestorbenen Zwergsumpfhuhns gesichtet wurde und die Umweltschützer eine Sitzblockade gemacht haben ... NOCH FRAGEN, MEIN SOHN?«

Zugegeben, was mein Dad da aufzählt, waren einige meiner genialsten Aktionen. Es war schon ein hartes Stück Arbeit, die Kühlanlage aus dem Eisstadion heimlich vor der Schule aufzubauen und für Glatteis im Hochsommer zu sorgen. Es war auch nicht einfach, diesen genialen Hacker dazu zu überreden, sich in Google zu hacken und die Schule zu löschen – aber er fand die Idee halt total witzig. Und das mit dem längst ausgestorbenen Zwergsumpfhuhn – was kann ich denn dafür, dass ich auf dem Dachboden meines Opas einen ausgestopften Bussard gefunden habe, den ich dank Haarspray, Rasierschaum, Wasserfarbe und dem Toupet meines anderen Opas zu einem Sumpfhuhn umfrisieren konnte ...

Ich verschränke die Hände vor der Brust und sage: »Pah! Dann macht doch das Radio an! Wenn die auch sagen, dass die Schule ausfällt, kann ich es ja wohl nicht gewesen sein!«

Luisa kreischt auf und sagt: »Das beweist gar nichts! Nicht einmal, wenn es in der Tagesschau laufen würde! Hundertpro steckt Justus dahinter! Da wette ich mein Taschengeld drauf! Und meine Lipgloss-Sammlung! Und mein Smartphone!«

»Jetzt hör aber auf, Luisa. Justus hat nämlich recht, wenn es im Radio läuft, dann stimmt es wirklich«, beschwichtigt sie mein Vater.

Wir schalten das Gerät in der Küche ein und nach den Nachrichten meldet sich der Sprecher und sagt: »Und nun noch eine Meldung, die bestimmt alle Schülerinnen und Schüler der Albert-Einstein-Gesamtschule freuen wird. Es findet heute kein Unterricht statt! Der

Grund für den Unterrichtsausfall ist …«, und an dieser Stelle muss sogar der Radiomoderator schlucken, »… Hitzefrei!«

Dann erklärt der Moderator, dass dies keineswegs an einem seltsamen Wetterphänomen liege, sondern daran, dass die Heizung an der Schule kaputt sei und aus unerfindlichen Gründen seit der Nacht auf Hochtouren laufe. Darum herrsche in allen Klassenzimmern eine so unmenschliche Hitze, sogar wenn man die Fenster öffne, dass kein Unterricht möglich sei …

Nach dem Frühstück verkrümel ich mich wieder in mein Bett. Schließlich ist schulfrei! Ich ziehe mir die Decke über den Kopf, schließe die Augen und drehe noch ein paar ausgedehnte Runden im Schnarchland.

Zwischendurch werde ich immer wieder von meinem Handy gestört, weil lauter Whatsapp-Nachrichten von meinen Mitschülern auflaufen. Alle haben mehr oder weniger den gleichen Inhalt: »Wir wissen zwar nicht, wie du das gemacht hast, Justus – aber es ist auf jeden Falle eine Hammer-Aktion. Daumen hoch!«

SCOREBOARD ABDI-JUSTUS-BATTLE:
TEAM ABDI: 694
TEAM JUSTUS: 306

Ich räkel mich behaglich und grinse mir einen Wolf. Mit der Aktion habe ich auf meinem Weg in Richtung **KING OF SCHOOL** richtig Strecke gemacht. Außerdem stell ich mir vor, wie Kakadu mit ein paar Handwerkern im Heizungskeller der Schule steht und verzweifelt versucht herauszufinden, was eigentlich los ist.

Vermutlich erklärt ihm einer der Handwerker: »Die Heizung ist nicht kaputt. Jedenfalls nicht richtig. Sie muss eher zum Psychiater – sie glaubt nämlich, es ist Winter, und deshalb heizt sie wie verrückt! Wir finden einfach nicht heraus, woran es liegt.«

Tja, wie gut, dass Kakadu und die Handwerker nicht auf die Idee kommen, draußen am Schulgebäude nach dem Temperatursensor der Heizung zu suchen. Dann würden sie feststellen, dass der seit heute Nacht in einem ganz speziellen Ice-Bucket hängt, nämlich einem Eimer voller Trockeneis.

Die arme Heizung muss in Wahrheit gar nicht zum Psychiater. Sie glaubt aus gutem Grund, dass tiefer Winter ist und draußen Temperaturen von ungefähr minus hundert Grad herrschen.

Kleiner Tipp für angehende Streichinatoren: Die Kunst besteht darin, dass deine Mitschüler natürlich wissen müssen, wem sie den neuen Coup zu verdanken haben. Andererseits darfst du es nie so klar sagen, dass dich die Lehrer deswegen festnageln können ...

ABDI:

Heul doch, Lehrer!

Okay, die Nummer mit der geistesgestörten Heizung, die war null nix nicht übel. Kannisch, mussisch zugeben ... auch wenn es mir schwerfällt.

Am nächsten Tag gehe ich also zu dem Justus-Bieber-Typen und sage: »Hörsu, Matschhirn. Für einen Anfänger war die Sache nicht ganz schlecht so. Respekt, Alta.«

»Nicht ganz schlecht? Bist du zu heiß geföhnt worden, du Sabberfaden? Ich habe immerhin dir, mir und dem ganzen Rest der Schule einen ganzen Tag Freiheit geschenkt! Das ist ja wohl mehr als *nisch ganz schlecht?*!«

»Sagisch doch, für Anfänger war gut, du Windelträger. Zufrieden?«

»Ich bin kein Anfänger, Halman, du alte Schnabeltasse! Ich bin der *Streichinator!* Ich bin professioneller Streichedurchführer! Und ich bin der künftige KING OF SCHOOL! Das musst doch sogar du langsam einsehen, du Geschirr-von-gestern-Kruste!«

Um uns herum stehen ein paar andere Schüler. Einige von ihnen fangen spontan an zu applaudieren – weil sie seit dem Hitzefreitag echt total auf Biebers Seite sind.

Ich lasse mir natürlich null nix anmerken. Stattdessen gebe ich ein Tsetse-Fliegen-mäßiges Supergähnen von mir und sage: »Ein Tag Freiheit? Und damit willst du King werden? Neverever! Ich beweise es dir, du Gammeldöner!«

»Und wie, du Popcorn-Lutscher?«

Ich setze mein Sharknado-Grinsen auf und sage: »Sag mir, welchen Lehrer du negativ null gar nicht leiden kannst.«

»Und dann?«

»Schenke ich dir Freiheit von diesem Lehrer für eine Woche! Oder sogar für noch länger!«

»Und wie willst du das machen?«

»Meine Sache, oder was.«

»Okay«, sagt Justus Bieber. Er grübelt eine Weile herum und hält Kriegsrat mit seiner Mutanten-Gang. Schließlich tritt er wieder nach vorne und sagt: »Herr Brunkhorst, der Physiklehrer. Wenn du den ausschaltest, bin ich beeindruckt!«

Durch die Menge um uns herum geht ein horrorfilmmäßiges Stöhnraunen! Kein Wunder, Physik-Brunkhorst ist für viele der wandelnde Albtraum, der Walking-Dead-Teacher schlechthin, das absolute Paukermonster. Voll krass viele Schüler haben Zitter-bibber-Angst vor ihm – und wenn ich ganz ehrlich bin, dann gilt das auch für Gleb, Jawid, Eymen und mich selbst.

Warum? Weil Brunkhorst mit Sechsen nur so um sich wirft, weil

er einen nur wegen eines zu lauten Pupses nachsitzen lässt, weil er schneller deine Eltern anruft, als du »Wir haben kein Telefon« sagen kannst, und weil er glatt in der Lage wäre, im Physik-Labor eine Rakete zu bauen, mit der er dich als Strafe nach Feuerland schießt.

Aber egal, oder was. Ich werde Bieber beweisen, dass ich Wort halte. Ich werde ihn, mich und den Rest der Schule von Brunkhorst befreien!

Darum sage ich mit lauter Stimme: »Alles klar, Bieber. Nehmisch Challenge an – wirssu sehen, dass dir noch viel fehlt, um KING zu sein.«

Meine Anhänger um uns herum applaudieren spontan und geben ein paar Abdi-

Abdi-Rufe von sich. Ich mache eine dämpfende Handbewegung und sage: »Ihr kennt mich, Checkers. Gibt nix, wo ich nicht kann, so streichemäßig und so. Den Brunkhorst-Typ?! Den ma-

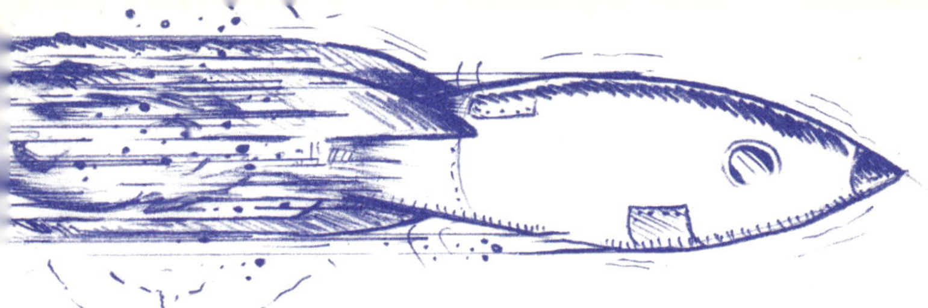

chisch voll krass zu Obstsalat, glaubt ihr besser, Diggas!«

Als die anderen sich verzogen haben, sacke ich allerdings zusammen wie ein altersschwacher Luftballon. Pfffft.

Bieber hat mir eine krasse Hammer-Challenge verschafft. Es wird mein ganzes Streichekünstlerkönnen erfordern, diesen Coup durchzuziehen!

JUSTUS:
Eine beeindruckende Show

Es ist nicht so, dass ich an meiner alten Schule nicht auch schon ein paar Lehrer abserviert hätte. Ist schließlich die Königsdisziplin der *Streichinatoren*.

Meine alte Musiklehrerin zum Beispiel, Frau Pasternak, hatte Angst vor Insekten – sie musste ganz schön schlucken, als in ihrem Konzertflügel auf einmal ein Honigbienenstock war, original mit Summsumm und Honig und allem. Weiß gar nicht, warum sie kreischend davongerannt ist! Sie sollte froh sein, dass ich mich gegen das Bienensterben eingesetzt habe.

Genial war auch der Coup, den wir mit Herrn Saratoga durchgezogen haben, unserem Sportlehrer. Am Tag vor dem Unterricht sind wir in den Kraftraum der Schule eingestiegen und haben sämtliche Gewichte neu beschriftet – vor allem in Sachen Kiloangaben. Saratoga staunte nicht schlecht, als unser Mitschüler Sebastian – der eigentlich schon Probleme hat, ein leeres DIN-A4-Blatt hochzuheben – auf einmal locker mit

der 16-Kilo-Kurzhantel umging. Saratoga aber fing beinahe an zu heulen, als er selbst beim Bankdrücken kaum mehr als zehn Kilo schaffte – weil es in Wahrheit natürlich die 100-Kilo-Langhantel war.

Aber ich gebe zu, dass Physik-Brunkhorst eine andere Nummer ist. Der ist tough, superstreng und hundert Prozent humorbefreit! Außerdem bin ich mir ganz sicher, dass er sich jeden Morgen mit Anti-Streiche-Creme einreibt. Das wird also nicht leicht für Abdi. Ich bin megagespannt, was er sich ausdenken wird.

Ein paar Tage später haben wir endlich wieder Physik. Ich kann es kaum erwarten – ein Gefühl, das ich vor dem Unterricht von Brunkhorst noch nie hatte. Alles scheint ganz normal zu sein. Obwohl, na ja, irgendwie sind alle anderen auffällig leise. Und ein bisschen seltsam grinsen tun sie auch. Hat Abdi sie also eingeweiht und zum Mitmachen überredet?

Dann geht die Tür zum Klassenzimmer auf und Herr Brunkhorst kommt mit seinem üblichen Godzilla-zerstört-Tokio-Stampfschritt herein. Er setzt sich hinter sein Pult, lässt sein Buch knallend auf den Tisch fallen

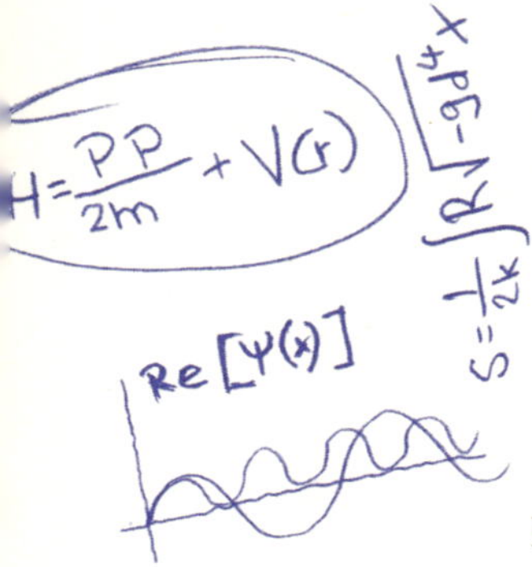

und fordert: »Schlagt eure Bücher auf Seite 196 auf. Wir nehmen heute das Thema Geschwindigkeitsberechnung auf der schrägen Ebene durch.«

Keiner rührt sich – auch ich nicht. Schließlich will ich Abdi nicht in die Parade fahren. Gehört zum *Streichinator*-Ehrenkodex, dass man seine Konkurrenten nicht boykottiert.

»Was ist los? Ihr sollt eure Physikbücher herausholen!«, donnert Brunkhorst durch die Klasse.

Miriam Markowski, die eigentlich eine eher ätzende Streberin ist (aber in Abdi verliebt, darum tut sie ihm garantiert jeden Gefallen), hebt den Arm und schnippt mit dem Finger.

»Was ist denn?«, fragt Brunkhorst ungeduldig.

»Nichts. Es ist nur ... wo ist denn Herr Savic? Ist er krank?«, fragt Miriam.

»Wer?«

»Herr Savic, unser Physiklehrer. Sind Sie seine Vertretung?«

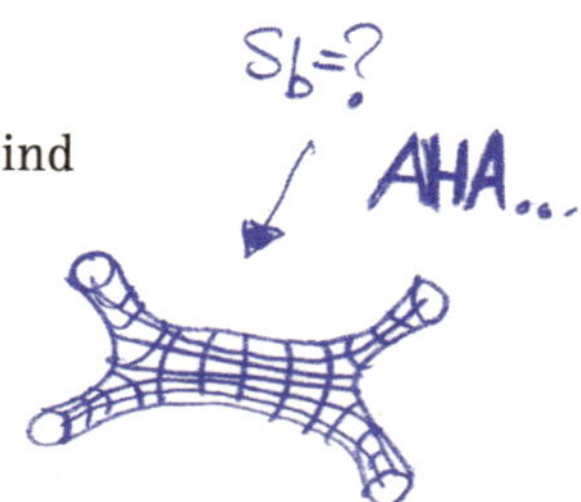

»Ich ... wie bitte?! Was redest du denn für einen Unsinn, Miriam?! Ich bin euer Physiklehrer, das weißt du doch ganz genau! Und einen Herrn Savic kenne ich nicht! Den gibt es an dieser Schule überhaupt nicht.«

Miriam errötet und sagt: »Oh, Sie kennen meinen Namen – das freut mich. Und wer sind Sie?«

Brunkhorst sieht Miriam wütend an. Aber er

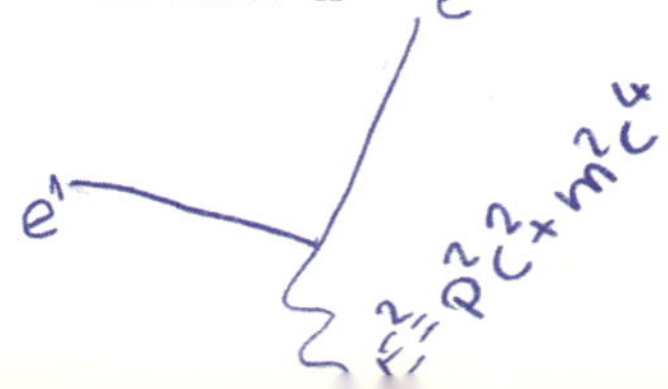

wirkt auch eine Spur verunsichert. Mit etwas leiserer Stimme sagt er: »Na, ich bin Herr Brunkhorst, euer Physiklehrer. Gibt es vielleicht noch mehr Leute in der Klasse, die plötzlich nicht mehr wissen, wer ich bin?«

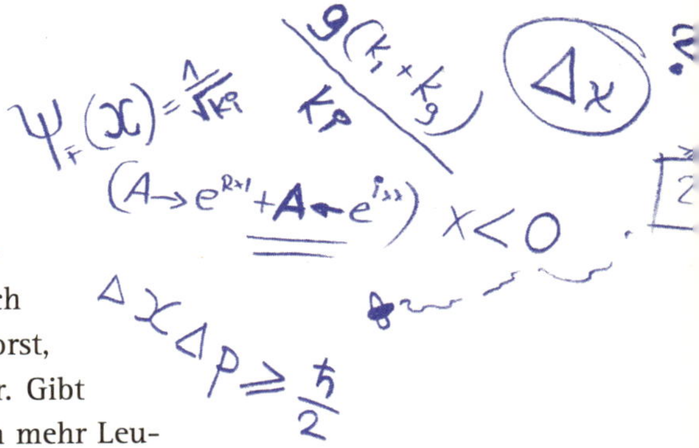

Alle Arme schnellen in die Höhe. ALLE!

Bevor Brunkhorst reagieren kann, hebt Gleb noch mal die Hand und sagt: »Ist doch egal. Physik ist eh langweilig. Vielleicht ist Herr Savic ja krank. Geben wir dem Neuen doch einfach eine Chance!«

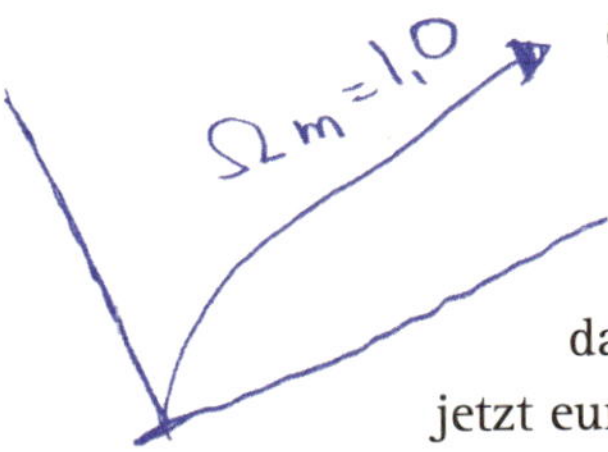

Brunkhorst schüttelt ungläubig den Kopf. »Ich. Bin. Nicht. Neu. Und das wisst ihr ganz genau – also schlagt jetzt eure Bücher auf!«

Jawid meldet sich und sagt: »Aber sollen wir nicht erst mal alle unsere Namen sagen? Sie kennen uns doch gar nicht. Ich bin jedenfalls Jawid Akram. Willkommen an der Albert-Einstein-Schule.«

Brunkhorst starrt Jawid mit offenem Mund an. Dann scheint ihm ein Licht aufzugehen. Er grinst schadenfroh und sagt: »Jetzt verstehe ich ... das Ganze ist ein Streich! Guter Versuch, Leute. Aber so billig lasse ich mich nicht von euch verarschen! Vergesst es also! Und jetzt: Bücher aufschlagen! Oder ihr kriegt alle eine Sechs!«

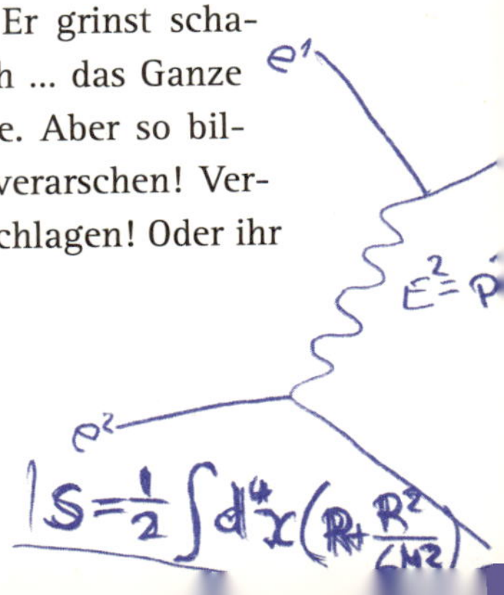

In diesem Augenblick geht die Tür auf und ein Mann kommt herein. Er trägt einen altmodischen Anzug und hat eine dicke Brille auf der Nase – und er hat unser Physikbuch unter dem Arm.

»Guten Morgen, Klasse. Entschuldigt, dass ich zu spät bin.«

»Guten Morgen, Herr Savic!«, antworten alle im Chor – und auch ich mache mit. (Muss zugeben, dass ich jetzt schon beeindruckt bin!)

Der neue Lehrer scheint Brunkhorst gar nicht zu bemerken – und der macht hilflose Mundbewegungen wie ein Karpfen im Aquarium, der nach Luft schnappt.

»So, dann packt mal alle bitte eure Bücher aus, Leute. Wie ich euch schon letzte Woche gesagt habe, nehmen wir heute die optischen Gesetze durch«, erklärt Herr Savic. »Na los, Bücher raus, ihr wisst, dass wir bald eine Klassenarbeit schreiben und noch viel Stoff durchnehmen müssen.«

Herr Brunkhorst findet seine Stimme wieder und schreit: »Wer sind Sie? Was machen Sie in meiner Klasse?«

Herr Savic – der übrigens eine entfernte Ähnlichkeit mit Abdi hat, vielleicht ist es ein älterer Cousin von ihm – dreht sich um und scheint Brunkhorst jetzt erst zu bemerken. Mit einem freundlichen Lächeln sagt er: »Ah, ein neuer Kollege! Nett, Sie kennenzu-

lernen! Sind Sie ein Assistenz-Lehrer? Oder noch in der Ausbildung? Setzen Sie sich doch bitte hin und lassen mich meinen Unterricht fortsetzen.«

Auf Brunkhorsts Gesicht glänzen nun riesige Schweißperlen. Mit stockender Stimme sagt er: »Aber ... aber ... das hier ist meine Klasse! Ich bin der Physiklehrer! Schon immer gewesen! Also verschwinden SIE – und ICH mache den Unterricht.«

Savic schüttelt irritiert den Kopf. »Ich weiß gar nicht, wovon Sie reden, Herr ... äh.«

»Brunkhorst! So heiße ich!«

»Ja, äh, Herr Brunkhorst. Jedenfalls müssen Sie sich irren. Das hier ist meine Klasse! Schon seit Anfang des Schuljahres. Ich weiß also wirklich nicht, wer Sie sind und was Sie hier wollen ...«

Brunkhorst ist inzwischen krebsrot geworden und schwitzt so stark, als wäre er in der Sauna. Mit zitternder Stimme sagt er zur Klasse: »Schluss mit dem Unsinn, Leute! Sagt diesem Mann hier, dass ich euer Physiklehrer bin!«

Wir aber zucken alle nur mit den Schultern. Gleb räuspert sich und sagt: »Herr Savic, Sie wissen wirklich nicht, wer der Mann ist? Wir nämlich auch nicht! Wir haben ihn noch nie gesehen! Er ist kurz vor Ihnen hereingekommen und hat so getan, als wäre er unser Lehrer. Ganz schön seltsam, wenn Sie mich fragen!«

Brunkhorst zittert noch stärker und fängt an, merkwürdig zu schnauben. »Jetzt habe ich aber die Nase voll!

Schluss mit den Scherzen! Sie verlassen jetzt auf der Stelle meinen Klassenraum! Und ihr reißt euch am Riemen! Sonst krieg ihr alle eine Sechs!«

Plötzlich meldet sich Megime Suleydan und sagt mit weinerlicher Stimme: »Ich habe Angst, Herr Savic. Dieser Mann, der behauptet, er wäre unser Lehrer, ist bestimmt ein Betrüger! Oder vielleicht auch ein Attentäter! Wir sollten die Polizei holen!«

Brunkhorst stampft wütend mit den Füßen auf den Boden. Er schreit: »Jetzt reicht es mir! Ich gehe zum Direktor und beschwere mich über Sie, Herr Savic – wer immer Sie sind! Und über euch unverschämte Schüler auch!«

Savic nickt nachdenklich und sagt: »Das ist eine gute Idee. Wir sollten auf der Stelle Direktor Krähwinkel holen und diese Sache hier aufklären.«

»Krähwinkel? Wer soll das sein? Der Direktor dieser Schule heißt immer noch Kawendel-Dussmann. Die Schüler nennen ihn meistens Kakadu!«

Alle Schüler – ich eingeschlossen – brechen in lautes Gelächter aus.

Abdi sagt laut in die Klasse: »Ein Direktor, der Kakadu heißt? Das ist doch ein Witz, oder? Sie sind ein Betrüger! Wahrscheinlich heißen Sie auch gar nicht Brunkhorst!«

Brunkhorst starrt Abdi an und nach einer Weile erscheint ein schwaches Lächeln auf seinem Gesicht. Mit heiserer Flüsterstimme sagt er: »Ach, jetzt wird mir so einiges klar. Hinter dieser Sache steckst bestimmt du, Abdi! Das hätte ich mir sofort denken können.«

»Abdi? Wer ist das? Also ich heiße Mustafa Celik. Ich kenne keinen Abdi«, sagt Abdi mit Unschuldsmiene.

»Aber ... aber ... aber ... Ihr anderen, ihr wisst doch genau, wer das ist! Abdi Halman, der größte Unruhestifter aller Zeiten! Na los! Sagt doch, dass ich recht habe!« Brunkhorsts Stimme überschlägt sich beinahe. Er tut mir fast schon ein bisschen leid. Andererseits ist er zu uns bis jetzt immer nur streng und mitleidslos gewesen. Wenn jemand diesen Streich verdient hat, dann er.

Miriam steht auf und sagt: »Abdi Halman? Jemanden mit dem Namen hatten wir noch nie in der Klasse! Warum behaupten Sie das einfach?! Ich glaube langsam auch, dass Sie ein Betrüger sind! Ich habe gerade eine SMS an die Polizei geschickt!«

Kurz darauf hören wir eine Sirene und eine Polizeistreife hält mit quietschenden Reifen vor dem Schulgebäude! Wenig später erklingen schnelle Schritte im Gang vor dem Physikraum. Dann wird die Klassenzimmertür aufgerissen und zwei Beamte kommen herein. »Was ist hier los?«, fragt einer der beiden. »Wir haben per SMS einen Hilferuf bekommen.«

Die halbe Klasse springt auf, zeigt mit dem Finger auf Brunkhorst und Miriam ruft: »Dieser Mann behauptet, unser Physiklehrer zu sein! Aber wir haben ihn noch nie gesehen! Er ist ein Betrüger!«

Der Polizist wendet sich an Brunkhorst und sagt mit strenger Stimme: »Können Sie sich ausweisen?«

»Ja, natürlich!«

Brunkhorst will seine Brieftasche aus der Jacke ziehen, stockt – und fängt dann an, hektisch alle seine Taschen abzuklopfen. Nichts! Er durchwühlt seine Akten-

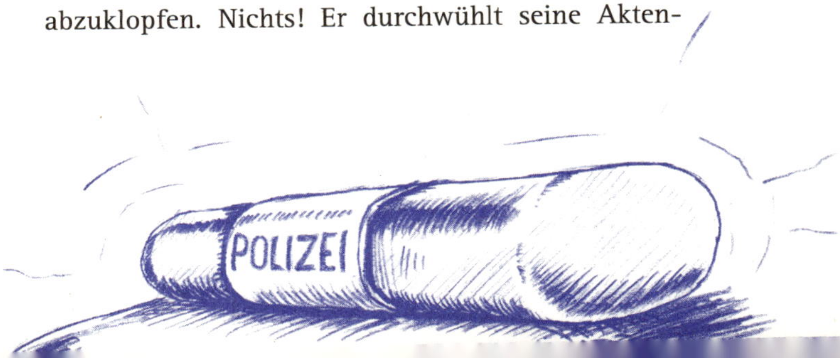

tasche, findet aber auch dort nichts. Mit zitternder Stimme sagt er: »Meine Brieftasche ist gestohlen worden. Damit auch mein Ausweis!«

»Soso ... Ihre Brieftasche ist also weg«, stellt der Polizist fest und schnaubt ungläubig.

Herr Savic, der angebliche Physiklehrer, sagt: »Also, ich unterrichte seit Jahren an dieser Schule. Ich kenne den Mann auch nicht. Ich habe ihn noch nie gesehen.«

Die beiden Polizisten tuscheln miteinander. Dann sagt der eine zu Brunkhorst: »Ich muss Sie bitten, uns zu begleiten, sodass wir Ihre Identität festgestellen können!«

»Aber ich bin Gregor Brunkhorst! Ich bin der Physiklehrer! Dieser andere hier, der ist ein Betrüger! Die Kinder spielen nur einen Streich! Glauben Sie mir doch!«

»Das werden wir im Präsidium feststellen!«, ruft der Polizist und nimmt Brunkhorst am Arm.

Plötzlich scheint unseren Physiklehrer die Kraft zu verlassen. Widerstandlos lässt er sich von den Beamten hinausbegleiten. Jetzt tut er mir wirklich etwas leid. Zugleich muss ich zugeben, dass mich Abdi mit dieser Nummer zutiefst beeindruckt hat! Den Streich kannte ich noch nicht. Den muss ich mir unbedingt merken!

ABDI:

Mittelmäßig?!

Die Aktion war mega! Und die Story darüber breitet sich wie ein Lauffeuer in der Schule aus. Whatsapp, Instagram und Facebook versorgen die neugierigen Parallelklassen mit allen Details und ein paar voll krass genialen Schnappschüssen und Videos. Nicht nur die ganze Schule erfährt davon – die ganze Stadt, das ganze Land lacht sich schlapp über die Nummer. Hammer!

Voll logisch klar, dass egal, wo ich hinkomme, alle Schüler jubeln und applaudieren. Sie klopfen mir auf die Schulter, machen Selfies mit mir und versichern, dass ich der coolste Streichekünstler ever bin – und dass kein Neuer mir das Wasser reichen kann. Denn es kann nur einen KING OF SCHOOL geben, nämlich: mich!

Bin voll happy – vor allem, weil die Zahl meiner Supporter wieder gestiegen ist. Der Bieber hat null nix keine Chance gegen mich.

SCOREBOARD ABDI-JUSTUS-BATTLE:
TEAM ABDI: 813
TEAM JUSTUS: 187

In der großen Pause häng ich mit Gleb, Jawid und Eymen ab. Wieder und wieder sehen wir uns die Videos von der Aktion an. Plötzlich stupst Gleb mich an und sagt: »Guck mal, Abdi. Wir bekommen Besuch.«

Tatsache. Als ich hochblicke, sehe ich, wie der Justus-Bieber-Typ auf uns zuschlurft – natürlich begleitet von seinen Mutanten-Freunden. Was soll das werden? Wollen die Jungs jetzt doch die offene Schlacht? Oder sind Sie gekommen, um sich zu unterwerfen?

Schließlich bleiben der Walfisch, der Zwerg, das Jungemädchen und der schwarze Riese stehen – und Bieber legt die letzten Meter alleine zurück. Mut hat er, das muss man ihm lassen.

Jawid sieht mich an und fragt: »Sollen wir ihn fertigmachen? Verknoten, in den Gulli stopfen und ihm ein paar neue Piercings mit Dartpfeilen verpassen?«

»Nix da, Checkers. Erst mal hören, was er will, oder was.«

»Ist gut.«

Justus Bieber kommt ganz dicht heran und sieht mich mit einem seltsamen Gesichtsausdruck an – nicht feindlich, nicht freundlich. Dann hebt er blitzschnell die Hand, ballt sie zur Faust und holt aus. Ich denk so: Jetzt knallt er mir eine rein. Aber dann öffnet er in der letzten Sekunde die Faust und hält mir seine offene Pranke entgegen. Dazu sagt er: »Ich will dir gratulieren, Abdi. Muss echt zugeben, dass die Aktion mit Brunkhorst ziemlich sauber war. Außerdem hast du Wort gehalten. Er ist seitdem verschwunden. Wirklich, gar nicht übel.«

Ich zucke superlässig mit den Schultern. »War Kleinig-

keit, weissu, Bieber. So Aktion machisch locker einmal in der Woche, oder was.«

Er lacht schnaubend und sagt: »Andererseits, soooo super war sie auch wieder nicht. Sagen wir: mittelmäßig.«

»Mittelmäßig?!«

»Jepp. Sogar nur untere Hälfte von mittelmäßig.«

»Ach ja, kannst du besser, oder was?!«

Er grinst und macht eine lässige Wegwerfhandbewegung: »Ist die Frage ernst gemeint? Natürlich kann ich das besser. Kleinigkeit, schließlich bin ich der ...«

»Streichi-Dingsbums, ja ja, ich weiß. Nervt langsam, der Spruch. Außerdem, Sprüche klopfen kann jeder. Mussu beweisen, Bieber.«

»Sicher. Kein Problem.«

»Versprich nix, wo du nicht halten kannst, Digga.«

»Keine Sorge. Und glaub mir, Abdi, du wirst staunen.«

»Klar, is logisch. Werdisch staunen, wie schlecht deine Aktion ist. Weil du hast negativ null nix auf dem Kasten.«

»Das werden wir ja sehen. Lass dich überraschen.«

»Klar, Digga. Zeig, was du drauf hast.«

Der Bieber zieht ab und auch die Mutanten verdünnisieren sich. Ich klatsche mit Gleb, Jawid und Eymen ab. Keine Frage – die Brunkhorst-Aktion kann Bieber neverever jemals niemals toppen. Eigentlich ist der Battle schon entschieden.

JUSTUS:

Der beste Streich aller Zeiten

Eins steht fest: Die nächste Aktion muss der absolute Burner werden, ein echter Megastreich, eine wahre Fun-Meisterleistung, die untoppbare Krönung meiner bisherigen Laufbahn als Streichespieler. Sonst hat Abdi nämlich recht und ich kann den Battle knicken.

Jeden Nachmittag treffe ich mich mit Derek, Rahul, Kira und Adam[2] in unserem Geheimversteck hinter der Turnhalle. Wir sitzen im Kreis herum, grillen über einem Minilagerfeuer Marshmellows und schmieden Streichepläne.

Das Problem ist: Die richtig superzündende Genial-Idee bleibt leider aus. Bei mir genau wie bei allen anderen.

So vergeht eine ganze Woche, ohne dass wir weiterkommen. Das Einzige, was passiert, ist, dass ich richtig schlechte Laune bekomme. Als wir uns wiedertreffen, sehe ich die Jungs an und erkläre: »Hört zu, Leute. Wir brauchen jetzt turboschnell eine gute Idee! Sonst glaubt

Abdi noch, wir hätten aufgegeben und der Battle wäre entschieden. Also, los, strengt euch an! Was können wir tun, um der ganzen Schule zu zeigen, dass wir die wahren Kings of Chaos sind – und eben nicht Abdi und seine Ghetto-Gang!?«

Ich sehe von einem zum anderen, aber keiner hat eine Idee, die besser ist als Schnürsenkel verknoten, Juckpulver verstreuen oder Schultaschen verstecken ... ein Trauerspiel!

Schließlich räuspert Derek sich und sagt kleinlaut: »Ich weiß auch nicht, Justus. Vielleicht sollten wir einfach zugeben, dass wir verloren haben. Abdi ist uns streichemäßig einfach überlegen. Wir kommen nicht gegen ihn an. Es ist, als hätte er uns verflucht ...«

Die anderen nicken und sehen betreten zu Boden. Da merke ich, dass irgendwo ganz hinten in meinem Kopf etwas zu kribbeln beginnt. Es ist noch ganz leise und undeutlich, aber trotzdem freue ich mich. Denn ich kenne dieses Gefühl. Es bedeutet, dass ich auf der richtigen Spur bin. Und dass ich sehr bald eben doch eine Idee für einen genialen Coup haben werde.

»Wiederhol noch mal deine letzten Worte, Derek. Irgendwie habe ich das Gefühl, dass sie in die richtige Richtung gehen ...«

»Du meinst, dass Abdi und die anderen uns streichemäßig überlegen sind?!«

»Nein, das danach.«

»Na ja, ich habe gesagt, dass es mir vorkommt, als hätte er uns verflucht. Er glaubt nämlich an so etwas. Böser Blick und so. Abdi ist total abergläubisch, das weiß jeder. Und Gleb und Jawid sind noch viel schlimmer ...«

»Soso, interessant zu hören«, sage ich und kann mir ein Grinsen nicht verkneifen. »Sogar richtig voll krass krokodilös megainteressant, wie Halman es wahrscheinlich ausdrücken würde ...«

»Echt? Und warum jetzt genau?«, fragt Derek.

»Weiß ich auch noch nicht. Ich muss nachdenken.«

Für einige Minuten versinke ich in grüblerischem Schweigen. Nach und nach wird das leise Kribbeln in meinem Hinterkopf immer deutlicher – und dann lache ich urpötzlich laut los.

»Was ist los, Justus? Was ist so witzig?«, fragt Kira.

»Das kann ich dir sagen. Ich weiß jetzt, was wir tun! Ich habe einen Plan! Genauer gesagt, einen genialen, witzigen Megaplan für den ultimativsten Streich aller Zeiten ...

Die anderen sehen mich überrascht an, brechen dann spontan in Jubelgebrüll aus. Ich mache eine dämpfende Handbewegung. »Freut euch nicht zu früh, Leute. Die Sache wird nämlich alles andere als einfach. Wir müssen eine ganze Menge Vorbereitungen treffen, müssen richtig schuften, ranklotzen, schwitzen. Ein guter Streich ist schließlich Schwerstarbeit! Wir werden der Schule unter anderem einen geheimen, nächtlichen Besuch abstatten müssen, um alles auf den Weg zu bringen. Vielleicht sogar in mehreren Nächten. Seid ihr bereit dazu?«

Derek, Rahul, Kira und Adam^2 sehen sich gegenseitig an, drehen sich dann zu mir um. Ihre Augen funkeln kampflustig. Dann sagt Derek mit feierlicher Stimme: »Ob wir bereit dazu sind? Darauf kannst du einen genial krass dicken Megafurz lassen!«

»Aber so was von!«, sagt plötzlich auch Adam^2. Erstaunt sehen wir ihn an. Er hat geredet! Adam^2 hat wirklich geredet! Wenn das mal kein gutes Omen für die nächste Aktion ist, dann weiß ich auch nicht.

»Also gut, Leute. Dann hört jetzt genau zu. Ich erkläre euch, was ich vorhabe. Aber das oberste Gebot ist: absolute Verschwiegenheit. Wir müssen vorgehen wie die Navy Seals bei einer Spezialgeheimoperation. Nichts erzählen, keine verdächtigen Bewegungen machen, überhaupt nichts tun, das irgendwie Aufmerksamkeit erregen könnte. Alle müssen sich genau an den Plan halten ... wenn wir das hinkriegen, dann werden wir den größten Streiche-Triumph aller Zeiten einfahren! Aber erst einmal – schlagt ein!«

Ich strecke die Hand aus. Derek, Rahul, Kira und Adam^2 klatschen ihre Hände obendrauf und wir rufen gemeinsam: »Auf den besten Streich aller Zeiten!«

Später machen wir noch eine Liste mit all den Dingen, die wir für den Coup brauchen. Dazu gehören unsichtbare Angelschnüre, anschraubbare Rollen, mehrere Taschenlampen, jede Menge Schmieröl, ein paar Bettlaken,

Rauchkerzen, Leuchtdioden, ein paar Minilautsprecher, das ferngesteuerte Auto von Dereks Bruder und die Flugdrohne von Kiras Vater …

Dann passiert noch etwas, das mich für einen Moment von den Megastreichvorbereitungen ablenkt: Leela sagt unser Kino-Date zwar ab, lädt mich dafür aber zum DVD-Gucken zu sich nach Hause ein! Klar, dass mich das umhaut, oder? Da kann ich erst mal nicht mehr an Streiche und sonstige Chaos-Aktionen denken.

Sie möchte mit mir *Kabhi Khushi Kabhi Gham* ansehen. Das ist ein Bollywood-Film mit Shah Rukh Khan und Kajol, den berühmtesten Schauspielern in Indien. (Ich mache mich natürlich sofort im Internet über den Film schlau.) War ein totaler Blockbuster und ist voll romantisch … darum kann ich es gar nicht erwarten, bis es

so weit ist. Leela und ich werden bestimmt nach dem Film auch in einer voll romantischen Stimmung sein. Wer weiß, vielleicht ist es dann endlich auch so weit und wir knutschküssen ein bisschen rum …

Bevor ich zu ihr fahre, style ich mich total auf, sprühe mich mit Dads Rasierwasser ein und binde mir sogar eine Krawatte um. Ist vielleicht ein bisschen übertrieben, aber Leela steht auf stilvoll.

Der Schock folgt, fünf Minuten, nachdem ich bei Leela angekommen bin. Ich bin nämlich nicht der einzige Gast. Sie hat außer mir ihre ganzen Freundinnen eingeladen, also die Meyer-Meier-Maier, die Algenkotz und die Puffpaff – und außerdem, haltet euch fest, Abdi Halman!

Grrrroooaaaar! Ich koche innerlich so vor Wut und Enttäuschung, dass ich Angst habe, als menschliche Atombombe in die Luft zu fliegen!

Aber noch viel größer wird der Schock, als ich erfahre, dass noch jemand auf Leelas Gästeliste steht: Pierre Lassogowski! Der absolute Ätz-Streber-Schleimspur-Hinterlasser! Pierre hat überall nur gute Noten und sitzt in jeder Stunde immer in der ersten Reihe.

Im Laufe des Abends wird dann klar: Ausgerechnet der Pierre-Idiot ist Leelas Favorit – ihr Boy Number one. Sie knutscht zwar

nicht gerade mit ihm herum, aber es ist trotzdem nicht zu übersehen, dass sie ihn toll findet.

Jetzt bin ich das Gegenteil von einer Atombombe. Ich bin nur noch eine einsame Kerze inmitten totaler Finsternis. Bald gehe ich ganz aus ... was für eine Enttäuschung! Könnte heulen.

Aus den Augenwinkeln sehe ich, dass es Abdi nicht anders geht. Er ist auch nur noch eine Negativ-Atombombe, wie er schätzungsweise sagen würde.

Auf dem Nachhauseweg stolpere ich frustriert Richtung Bus. Der Abend war der totale Reinfall! An der Haltestelle wartet dann auch noch ausgerechnet Abdi. Klar, er wohnt ja ganz in meiner Nähe.

Ich nicke ihm zu und zu meiner Überraschung müssen wir beide grinsen.

Ich sage knurrend: »Mann, was für ein Mist. Ausgerechnet der Pierre-Schleimer ist Leelas Dreamboy ...«

»Aber echt. Der Typ hat Leela negativ null gar nicht verdient!«

»Zero-Antimaterie-Schwarzes-Loch-negativ überhaupt nicht«, stimme ich ihm zu.

Wir sehen uns an und müssen wieder lachen. Für einen Moment ist es fast so, als wären wir Freunde.

LEELA IN LOVE SCOREBOARD:

ABDI: 0
JUSTUS: 0
PIERRE: 1000

ABDI:

Da stimmt was nicht!

Es gibt da etwas, das ich mehr hasse als morgens aufstehen oder abends ins Bett gehen. Etwas, das sogar schlimmer ist als Schule, Lehrer, Hausaufgaben, Klassenarbeiten, Zeugnisse ... was es ist? Ist doch logisch natürlich klar: LANGEWEILE.

Weil Langeweile ist einfach das Gegenteil von Fun und Action und Was-geht-ab-Alta. Langeweile ist wie tot sein, nur dass du dabei noch lebst. Langeweile ist krass ätzender Superscheiß.

Problem: Mir ist langweilig.

Und wer hat Schuld dran? Natürlich dieser Bieber-Schwachmat und seine Mutanten. Erst hat er groß getönt, dass er mich mit einem Superstreich besiegen will. Und was ist? Null negativ gar nix.

Seit seiner Challenge-Ankündigung sind schon zwei Wochen vergangen und es ist seitdem streichemäßig so still wie auf dem Friedhof. Bieber geht mir außerdem auffällig oft aus dem Weg. Und die anderen Schwachmaten genauso.

Was für eine Enttäuschung. Hatte gedacht, ich hätte

endlich einen echten BFE gefunden – einen BEST FEIND EVER. Also einer, der zwar nervt, aber mit dem immer etwas los ist.

Habisch mich wohl voll krass getäuscht. Schätzungsweise hat Bieber einfach eingesehen, dass er keine Chance gegen mich hat.

Es ist Nachmittag und ich hänge mit Gleb und Jawid auf dem Schulhof ab. Wir warten auf Eymen. Der ist noch in der Klasse, weil er nachsitzen muss. Die Brinkmann-Ludewig, unsere Ätz-schnarch-laber-Deutschlehrerin, hat ihn zum Nachsitzen verdonnert. Und das nur, weil Eymen ihr eine neue Halskette aus Klopapier geschenkt hat (okay, war benutzt, das Klopapier).

Jetzt hockt Eymen also immer noch in der Klasse und muss einen Aufsatz schreiben. Thema: Respekt und gutes Benehmen. Als wenn Eymen so etwas könnte – Aufsatz schreiben, meine ich.

Wir anderen hängen also auf dem Schulhof rum, ärgern ein paar Fünftklässler und ballern ab und zu mit Glebs Luftpistole durch die Gegend.

Plötzlich geht die Tür zum Schul-

gebäude auf und Eymen kommt heraus – viel früher als gedacht.

Dann checke ich, dass etwas nicht stimmt mit ihm. Eymen geht mit kleinen Schritten rückwärts, zittert am ganzen Körper und zeigt mit dem Finger auf das Fenster vom Deutschklassenraum im ersten Stock.

Gleb, Jawid und ich stehen auf und spurten zu ihm rüber.

»Ey, Mann, Eymen, was ist los, Checker?«, frage ich.

»Da ... da ... da ...«

»Dadada? Was soll das sein? Ein Lied, oder was?«

»Da ... da ... da ...«, stottert Eymen noch einmal.

»Mann, Alta, jetzt chill mal. Und dann sag, was los ist.«

Eymen atmet durch, kommt zur Ruhe und sagt: »Im Klassenraum von der Bri-Lu ... spukt es.« Bri-Lu, so nennen wird die Brinkmann-Ludewig.

Ich grinse: »Logisch, die Alte ist ja auch ein Gespenst.«

»Nein, echt jetzt, Abdi. Ich schwöre, da spukt es.«

»Meinsu so richtig Zombie-Poltergeist-Mumien-mäßig?«

»Original ja«, sagt Eymen.

Ich winke ab. »Alles klar, mussu Buffy anrufen, die Geisterjägerin! Die räumt auf, oder was.«

Eymen ist den Tränen nahe. »Nein, echt jetzt. Da ist *paranomal activity,* ich schwöre.«

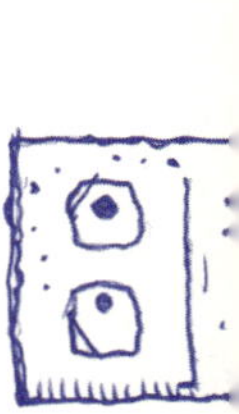

»Pah! Mädchenkram!«, sage ich und schnalze mit der Zunge. »Aber egal. Werden wir checken! Gleb, gehsu mal in Klasse und gucksu, ob stimmt mit Geister, oder was.«

Gleb schüttelt den Kopf. »Kannst du nicht selbst gehen?«

»Hassu Angst, oder was?!«

»Neinjaeinbisschen.«

»Quatsch nicht rum, geh schon.«

Gleb gibt sich geschlagen. Er schlurft widerwillig ins Schulgebäude und steigt die Treppe hoch. Wir anderen bleiben draußen, warten und versuchen, Eymen weiter zu beruhigen.

Kurz darauf geht dir Tür wieder auf und Gleb kommt heraus. Er geht mit kleinen Schritten rückwärts, zittert

am ganzen Körper, zeigt mit dem Finger auf das Fenster und sagt: »Da … da … da …«

Ich denke, mich laust der Pavian-Gorilla. »Was is los, Gleb?«

Er so mit zitternder Stimme: »Da spukt es original wirklich.«

»Mann, Alta, bissu saufmäßig betrunken, oder was?«

»Nix, kein Schluck, ich schwöre. Das ist echt voll geistermäßig da drin, ich schwöre. So etwas habe ich noch nie gesehen. Ist der absolute Schocker. Ich gehe da nie wieder rein – auch nicht, wenn ich dann in Deutsch eine Sechs kriege.«

Ich gucke Jawid an und sage: »Machsu guck, Jawid. Check den Geisterscheiß aus und sag, was Sache ist. Kannisch alles nicht glauben, echt jetzt.«

»Aber … also … äh … könntest du nicht lieber …«, stototottert Jawid mit heiserer Stimme.

»Los, mach schon.«

Wir diskutieren noch eine Weile, aber schließlich verschwindet Jawid in der Schule.

Schon kurz darauf kommt er wieder heraus, geht rückwärts, zittert, zeigt aufs Fenster: »Da … da … da …«

Hätte ich mir fast denken können.

»Mann, Checkers. Gibt es keine Gespenster in echt null negativ nicht. Nicht in Reality! Was redet ihr also für Unsinnkacke?«

Eymen, Gleb und Jawid sind immer noch blass wie ein Baseball. Wie aus einem Mund sagen sie: »Dann geh doch selbst rein und guck nach, was los ist.«

»Logisch sicher klar, machisch. Beweisisch euch, dass es nix null keine Geister gibt.«

Sagsu, machsu. Ich gehe also ins Schulgebäude, steige die Treppe in den ersten Stock rauf und betrete das Klassenzimmer, in dem wir normalerweise Deutsch haben.

Wie ich es mir gedacht habe – alles ist völlig normal. Die Bänke und Stühle stehen in Reih und Glied, an der Tafel steht noch der Unsinnmist von heute Vormittag, von wegen Goethe hat dann und dann gelebt, sein Kumpel Schiller war auch ganz cool und der ganze Damals-in-Weimar-Schnarchkram. Die Fenster sind zu. Alles ist gechillt und locker. Was reden die Jungs? Geister? Nicht die Pupsbohne!

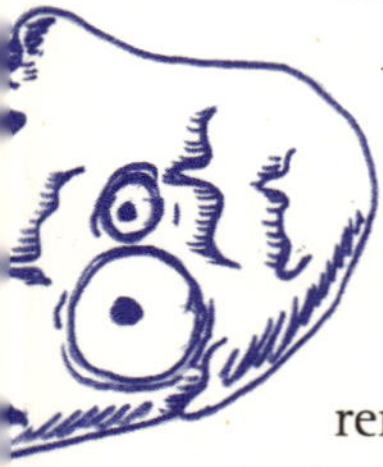

Ich will gerade wieder rausgehen, als ich aus dem Augenwinkel eine Bewegung sehe. Wie erstarrt bleibe ich stehen und drehe mich gaaaaaanz langsam um – und denke, mich trifft der Donnerschlag vom Geister-Dschinn.

Der Tafelschwamm schwebt wie von unsichtbaren Händen gehalten in die Höhe, dreht eine Runde durch die Klasse, klatscht dann gegen die Tafel und wischt die Tafel sauber ...

Alta! Mussisch meine Augen in Werkstatt bringen, oder was? Mussisch Kopf aufsägen und Gehirn duschen, oder was? Das gibt's doch nich!

Ich reibe mir also die Augen, döngel mir gegen die Birne, zwick mich selbst in den Arm – aber der Schwamm schwebt immer noch durch die Gegend. Jetzt dreht er sogar eine Runde, nimmt Fahrt auf und kommt genau in meine Richtung ...

Nanosekundenbruchteile später stolpere ich rückwärts auf den Schulhof, zittere am ganzen Körper und brabbele lautstark: »Da ... da ... da ...«

Gleb, Jawid und Eymen grinsen: »Siehst du, haben wir doch gleich gesagt. Ist der totale Zombie-Geister-Mist da drin.«

»Aber es gibt keine Geister.«

»Anscheinend doch.«

Auch ich bin blass wie ein Baseball, habe Schnappatmung und überlege, ob ich in Wahrheit noch im Bett liege und einen voll krassen Albtraum habe – einen Traum, den ich am besten nach dem Aufwachen aufschreibe und als Drehbuch an Hollywood verkaufe. Der nächste Blockbuster wäre original positiv garantiert:

Steven Spielberg
präsentiert:

Geisterjäger Abdi
und der Killerschwamm

Starring:
Superstar Abdi Halman

In den Nebenrollen:
Gleb & Jawid

Special Appearance:
The incredible Eymen

Ich setze mich auf die Mauer bei den Fahrradständern und warte, bis mein Puls wieder unter tausend sinkt. Durchatmen, cool bleiben – als wenn ich jemals schon nicht cool gewesen wäre ... (Okay, gebisch zu, ich hat-

te eine kurze Panikattacke. Aber, Leute, echt jetzt, wie würdet ihr denn reagieren, wenn auf einmal ein Geisterschwamm auf euch zufliegt?!)

Nach und nach finde ich zu meinem Sharknado-Grinsen zurück. Weil ich ganz schwach ahne, was Sache ist. Gespenster gibt es wirklich nicht. Geister, Zombies und Aliens auch nicht. Darum geht die Sache im Deutschraum garantiert auf das Konto von Justus Bieber und den Mutanten.

Ganz klar, mein BFE hat doch nicht gekniffen. Er hat sich nur verdammt viel Zeit gelassen mit seinem nächsten Coup!

Justus Bieber, ich habe dir Unrecht getan. Du bist doch ein Streiche-Checker. Bin gespannt, wie es weitergeht!

Ich grinse die Jungs an und sage: »Eigentlich müssten wir die Ghostbusters rufen! Aber wir lassen es. Warten wir lieber ab, was morgen passiert!«

Gleb, Jawid und Eymen starren mich ungläubig an. Gleb fragt: »Du meinst also, die Geister sind morgen immer noch da?«

»Geh ich jede Wette ein.«

»Also, dann geh ich aber nicht zu Deutsch. Nicht mal für eine Million Euro«, erklärt Gleb, der immer noch eine Zitterstimme hat.

»Ich auch nicht«, erklärt Jawid.

»Ich sowieso nicht«, schiebt Eymen hinterher.

»Solltet ihr aber, Checkers. Bin mir ganz sicher, dass ihr sonst ordentlich was verpasst.«

»Häääá?!« Gleb, Jawid und Eymen sehen mich an wie gehirnamputierte Rollmöpse, die wieder in den offenen Ozean entlassen werden sollen. Ich aber spare mir jede weitere Erklärung.

JUSTUS:
Der Zauberlehrling

Ein guter Streich ist wie ein großer bunter Eisbecher. Du musst dir Zeit mit ihm lassen, musst ihn auskosten, musst ihn bis ganz zum Schluss genießen.

Am nächsten Tag haben wir wieder Deutsch bei der Bri-Lu. Wir lesen den Zauberlehrling von Goethe, so eine Art frühes Horror-Movie in Gedichtform.

Die Bri-Lu geht wie üblich vorne vor der Tafel hin und her und schwafelt etwas über Metaphern und Sprachbilder und so. Sie erklärt uns, dass es natürlich keine echte Zauberkunst gibt, sondern dass Goethe damit sagen wollte, dass der Mensch Kräfte entfesselt, die er selbst nicht mehr kontrollieren kann. Genauso wäre es heute mit dem Klimawandel, der Atomkraft, der Chemieindustrie ...

Laberlaber, schnarchschnarch.

»So, und jetzt verteile ich euch Aufgabenzettel mit Fragen zum Thema, die ihr bitte in Stillarbeit beantwortet. Dazu habt ihr den ganzen Rest der Stunde. Ich möchte in der Zeit absolut keinen Mucks hören, haben wir uns verstanden?«

»Ja, Frau Bri-Lu«, antwortet die Klasse brav und diszipliniert.

Dann will sich die Bri-Lu auf ihren Stuhl setzen, landet aber plumpsend auf der Erde. Der Stuhl hat sich – wie von Geisterhand – einfach wegbewegt!

Die ganze Klasse lacht sich ins Koma.

Nur die Bri-Lu ist stinktiersauer.

»Wer war das?«, fragt sie mit Knastwärterstimme.

»Niemand«, antwortet die ganze Klasse im Chor.

»Ja, klar. Der Stuhl hat sich also von alleine bewegt?!«

»Genau so war es«, antwortet die Klasse.

»Dass ihr euch nicht schämt, so zu lügen.«

»Aber wir lügen nicht, echt positiv nix null gar nicht, wirschwörn«, antwortet die ganze Klasse im besten Abdi-Sprech.

»Ich werde denjenigen schon noch erwischen. Verlasst euch drauf!«

Die Bri-Lu will sich wieder hinsetzen, aber auch diesmal rutscht der Stuhl zur Seite und sie landet auf dem Boden.

Sie steht auf, reibt sich den Hintern, blickt dann von einem zum anderen und ruft: »Das ist nicht mehr witzig. Wer immer das war, er sollte sich lieber freiwillig melden.«

Gleichzeitig untersucht sie ihren Stuhl und checkt, ob vielleicht eine Schnur drangebunden ist. Natürlich findet sie nichts. (Unsichtbare Schnüre am Stuhl – wie billig wär das denn? Das geht besser!) Sie zuckt mit den Schultern, will sich setzen, behält den Stuhl diesmal aber im Blick.

Und dann passiert es.

Gerade als sie sich setzen will, saust der Stuhl einen guten Meter zur Seite – wie ein wildes Tier, das sich nicht fangen lassen will! Die Bri-Lu stößt einen spitzen Schrei aus, nimmt aber gleich darauf die Verfolgung auf und versucht, den Stuhl einzufangen. Der entwischt ihr aber immer wieder.

Es sieht aus wie eine Ein-Mann-Reise-nach-Jerusalem. Die ganze Klasse lacht sich schlapp – bis auf einige Mitschüler, die sich natürlich fragen, wie so etwas überhaupt möglich ist. Ein Geisterstuhl ...

Schließlich bleibt die Bri-Lu hechelnd stehen. Ihr hängt die Zunge aus dem Hals, sie schwitzt, ist rot im Gesicht. Soll heißen, sie ist völlig erledigt. Dann geht sie in Absprung-Position und will sich offenbar wie ein Großwildjäger mit einem Riesensatz auf den widerspenstigen Stuhl werfen.

Was sie allerdings nicht bemerkt, ist, dass sich unter ihren Füßen – ebenfalls wie von Geisterhand herbeigezaubert – eine riesige Schmierölllache ausbreitet.

Die Bri-Lu springt los, rutscht dabei aber auf dem Öl aus

und landet klatschend auf dem Bauch.

Wieder lachen sich alle schlapp, zumal sie nun wirklich selbst aussieht wie ein Gespenst. Ein Schmieröl-monster, um genau zu sein.

Mühsam rappelt sie sich auf und schnaubt nun wie Smaug der Drache. Allerdings sollte sie lieber kein Feuer spucken – könnte verdammt ungesund sein angesichts des ganzen Öls.

»Das wird Konsequenzen haben, meine Herrschaften! Das gibt mehr als schlechte Noten! Ich berufe eine Elternkonferenz ein! Ich bestelle den Minister ein! Ich sorge dafür, dass keiner von euch länger an dieser Schule bleibt ...«

Es ist Miriam Markowski, die aufzeigt und mit dem Finger schnippt. Sie ist wie gesagt eigentlich eine Ätzstreberin, was auch die Bri-Lu weiß.

»Was ist denn, Miriam?«, fragt sie mit vergleichsweise milder Stimme.

»Ich wollte nur sagen, dass es unfair ist, wenn sie uns bestrafen.«

»Ach ja?! Warum denn?«

»Weil wir nichts gemacht haben! Oder haben Sie einen von uns gesehen, wie er mit dem Stuhl oder mit dem Öl zugange war?«

»Nein, habe ich nicht. Aber so naiv bin ich nicht!«

Noch während die Bri-Lu redet, schwebt hinter ihr der Tafelschwamm in die Höhe, nähert sich ihrem Kopf und fällt dann platschend genau auf sie drauf.

»Iiiihhhh«, kreischt sie auf – während wir uns wieder vor Lachen schütteln.

Die Bri-Lu reibt sich den Kopf trocken und fragt mit nun endgültig hysterischer Stimme: »Ich frage euch zum letzten Mal. Wer war das?! Derjenige sollte sich wirklich besser melden!«

»Niemand«, antwortet die Klasse wieder.

»Ganz wie ihr wollt. Dann hole ich jetzt Direktor Kawendel-Dussmann, damit er sich selbst ein Bild davon machen kann!«

Sie will gerade aus dem Raum stürmen, als plötzlich Aydan Günal, eine andere Mitschülerin, von ihrem Sitz aufspringt. Sie zeigt mit dem Arm nach vorne und ruft stotternd: »Da ... da ... da ...«

»Was ist denn jetzt schon wieder, Aydan?«, fragt die Bri-Lu genervt.

»Da ... da ... da.«

Inzwischen starrt die ganze Klasse mit aufgerissenen Augen in die eine Zimmerecke. Dort steht der Schrank, in dem Bücher und Putzsachen aufbewahrt werden. Alle rufen im Chor: »Da ... da ... da ...«

Aydan stottert: »Der ... der ... der Schrank bewegt sich!«

»Ach, du spinnst doch!«, sagt die Bri-Lu.

»Ehrlich!«

»Schluss jetzt! Ich werde dir zeigen, dass nichts mit dem Schrank los ist!«

Die Bri-Lu geht im Stechschritt auf den Schrank zu –

doch kurz bevor sie ihn erreicht, bleibt sie wie angenagelt stehen. Und wir werden Zeuge, wie sich ihre Betonfrisur vor Schreck aufrichtet.

Der Schrank fängt nämlich an, wie wild zu ruckeln und zu klappern, als wäre ein Dämon darin gefangen. Rauch steigt aus den Ritzen nach draußen und aus dem Inneren sind unheimliche Heul- und Fauchgeräusche zu hören!

»Da ... da ... das gibt es doch nicht!«, ruft die Bri-Lu, nun aber nicht mehr laut, sondern eher ängstlich.

Derek, Rahul, Kira, Adam[2] und ich werfen uns heimlich Blicke zu – sehr zufriedene Blicke!

Wie auf ein unsichtbares Kommando hin erstirbt der Lärm und der Rauch verzieht sich. Der Schrank steht wieder da wie ein ganz normales Möbelstück. Alle atmen erleichtert auf.

Dann aber gibt es ein knarrendes Geräusch und die eine Schranktür öffnet sich gaaaaanz langsam. Wieder

steigt eine dichte Nebelschwade auf – und dann schwebt plötzlich der Besen aus dem Schrank hervor und macht wilde Tanzbewegungen in der Luft.

»Iiiiihhhh! Es spukt! Bringt euch in Sicherheit, Kinder! Flieht! Ruft die Feuerwehr! Die Polizei! Die Bundeswehr! Superman!«, schreit die Bri-Lu hysterisch.

Plötzlich gibt es einen lauten Knall und eine bunte Rauchwolke breitet sich im ganzen Klassenzimmer aus! Laute, heulende Geräusche sind nun von überall zu hören. Inmitten des Rauches tanzen farbige Lichter in der Luft, geisterhafte Schemen schweben umher und immer wieder knallt und pufft es.

Das gibt der Bri-Lu den Rest. Sie rennt aus dem Klassenzimmer – während alle anderen sich schlapplachen. (Okay, ein paar Mitschüler wollen auch wegrennen, werden aber von den anderen gestoppt. Ist doch nur ein Streich!) Noch im Flur hören wir die Bri-Lu kreischen und brüllen. Die Türen der anderen Klassenräume werden aufgerissen und neugierige Schüler strömen in die Korridore.

»Flieht! Alle raus hier! Gespensteralarm! Es spukt!«, hören wir die Stimme der Bri-Lu in der Ferne.

Als ungefähr eine Viertelstunde später Kakadu den Klassenraum betritt, sitzen wir brav an unseren Tischen und beantworten die schriftlichen Fragen, die verteilt worden sind.

»Was ist hier los?«, fragt Kakadu streng.

»Gar nichts«, antwortet Miriam Markowski.

»Da ist mir aber anderes zu Ohren gekommen.«

»Ist aber wirklich nichts passiert. Na ja, nur die Frau

Brinkmann-Ludewig hat plötzlich angefangen zu schreien und ist rausgerannt. Wir wissen auch nicht, warum. Sie hat irgendetwas von Geistern gesagt ...«

»Soso ...« Kakadu blickt sich suchend in der Klasse um, bis seine Blicke an Abdi haften bleiben. »Abdi Halman, was hast du dazu sagen?«

»Gar nichts, Direktör.«

»Tatsächlich?! Dir fällt nichts dazu ein?«

»Negativ null nix. Binisch unschuldig wie Engel, der auf Wolke liegt und Playstation spielt!«

Kakadu schüttelt seufzend den Kopf. Dann wandern seine Blicke weiter und bleiben nun bei mir stehen. »Was ist mit dir, Justus? Auch unschuldig wie ein neugeborenes Baby?!«

»Aber logisch ... nur ...« Plötzlich reiße ich die Augen auf, zeige mit dem Finger über Kakadus Kopf und rufe: »Da ... da ... da ...«

Kakadu blickt überrascht nach oben. Genau in dem Augenblick fliegt ihm klatschend der Schwamm ins Gesicht – und kurz darauf öffnen sich erneut die Schleusen der Hölle. Rauch, Lichter, Geräusche, wehende Bettlaken ...

Wenig später läuft auch Kakadu über den Flur davon.

Aber anders als die Brinkmann-Ludewig schreit er nicht, er lacht schallend.

Kann also sein, dass er auf den Geisterstreich nicht hereingefallen ist. Aber anscheinend findet er ihn trotzdem echt witzig! Genau wie alle anderen. Sieg auf ganzer Linie!

SCOREBOARD ABDI-JUSTUS-BATTLE:
TEAM ABDI: 423
TEAM JUSTUS: 577

ABDI:
Angezählt, aber nicht k.o.

Checkers, ich fühl mich original wie Klitschko nach dem Kampf mit Anthony Joshua! Damals hat er so richtig Knall-boing-peng-mäßig auf die Nase bekommen! Binisch angezählt, binisch kurz vor k. o.

Zum ersten Mal stehen mehr Leute von der Schule hinter Bieber und den Mutanten als hinter mir und den Jungs! Er ist, kannisch echt negativ kaum glauben, auf dem besten Weg, **KING OF SCHOOL** zu werden!

Was mich daran besonders fertigmacht? Natürlich logisch klar die Tatsache, dass sein Geisterstreich wirklich vom Feinsten war. Absolute Streichspitzenklasse! Muss ich voll respektmäßig zugeben, so unter Streichkünstlerkollegen.

Kein Wunder also, dass in den Tagen danach an der Schule von nix null anderem die Rede ist. Jeder will das Geisterklassenzimmer sehen! Und immer noch schweben darin der Schwamm, der Besen und andere Sachen herum. Der Geisterstuhl lässt sich immer noch nicht fangen und wer nicht aufpasst, endet als Ölsardine. Ständig gibt es Rauch-bumm-peng-Explosionen und die tausend Geister schweben durch das Zimmer!

Eine echte Vollcheck-Hammer-Aktion! Die Hälfte der Schüler hält es für einen Riesenspaß und die andere Hälfte hat wirklich Angst, weil sie denkt, dass das Zimmer Schwarze-Magie-mäßig verflucht ist (darunter auch Gleb und Jawid, egal wie oft ich ihnen erkläre, dass es in Wahrheit nur ein Coup vom Bieber ist).

Am Ende der Woche taucht sogar ein Fernsehteam von Astro-TV auf, das irgendwie von der Sache Wind bekommen hat. Das Team hat eine Zauber-Übersinnlichkeits-Expertin dabei, die vollberühmte Anastasia Mabuse-Nostradama. Sie sieht aus wie eine Mischung aus Punkerin und Hexe, trägt einen langen Umhang und hat jede Menge Piercings im Gesicht. Außerdem hat sie so ein elektronisches Zaubermessgerät in der Hand, mit dem sie den Klassenraum Ghostbuster-mä-

ßig untersucht. Dabei leuchten alle Lampen an dem Gerät und die Zeiger schlagen wie verrückt aus. Plötzlich rollt die Mabuse mit den Augen und gibt seltsame Brabbel-spuck-fluch-Geräusche von sich. Dann redet sie auf einmal mit einer ganz seltsamen, tiefen Teufelsstimme und sagt: »Mein Name ist Hellboyrus Superheros, ich spreche von der ANDEREN SEITE zu euch. Hier, in diesem Zimmer, hat sich die Pforte in die Welt des Jenseits geöffnet! Es werden schreckliche Dinge geschehen! Bringt euch in Sicherheit! Meidet diesen Ort!«

Dann sackt die Frau mitsamt ihrem Zaubermessgerät zusammen und muss von den TV-Leuten wiederbelebt werden ...

Kurz darauf wird sie dann auf dem Schulhof von den Kameraleuten interviewt. Sie erklärt: »Ich, die berühmte Anastasia Mabuse-Nostradama, das größte lebende Medium mit einer WireFire-Standleitung zur Welt der Geister und Halbwesen, bin zu der Überzeugung gelangt, dass wir es an dieser Schule mit einer unglaublich machtvollen Erscheinung paranormaler Aktivitäten zu tun haben. Mit meinem Ghost-O-Meter habe ich Astralwerte von über zweihundert auf der nach oben offenen Yurei-Obake-Skala gemessen. So einen Wert habe ich selbst noch nie erlebt. Ich schlage vor, die Schule augenblicklich zu evakuieren und ein Expertenteam mit den besten Exorzisten der Welt zu holen!«

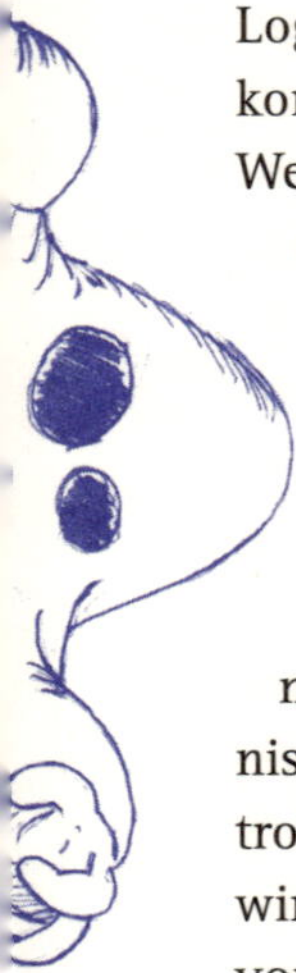

Logisch natürlich klar, was passiert. Am nächsten Tag kommen voll viele Schüler nicht mehr zum Unterricht. Weil ihre Eltern den ganzen Tag Astro-TV gucken und das Interview mit der Geister-Punkerin gesehen haben. Jetzt lassen sie ihre Kinder neverever niemals mehr auf die geistermäßig verseuchte Albert-Einstein-Schule …

Justus Bieber? Der schüttelt nur den Kopf und kann nicht glauben, was er da angerichtet hat. So etwas kennisch original auch. Manche Streiche geraten außer Kontrolle. Oder war es doch gar kein Streich und es spukt wirklich im Deutschraum von der Bri-Lu? Sogar einige von den Mutanten, vor allem Kira und Adam^2 scheinen das inzwischen zu glauben. Sie wollen auch nicht mehr kommen. Aber der Bieber und Derek machen sie zur Schnecke und dann kommen sie doch wieder. (Wenn ich ehrlich bin, hab ich jetzt auch voll Schwitz-Stresszitter-mäßig Angst. Weil, wo Geister sind, bleibsu lieber weg. Aber ich zwinge mich, weiter zur Schule zu gehen! Schließlich habe ich hier einiges zu erledigen!)

Logisch natürlich klar, was als Nächstes passiert. Bieber und ich müssen bei Kakadu antreten. Dem ist das Lachen gründlich vergangen. Warum? Weil ihn der Schulminister höchst persönlich angerufen hat und wissen wollte, was da an seiner Schule los ist. Kakadu hat versucht, den Minister-Typen zu beruhigen und gesagt, er könne die Schule jederzeit besuchen und sich überzeugen, dass das Ganze nur ein Schülerstreich gewesen sei. Aber der

Minister so: »Ich? Eine Schule besuchen, an der es spukt? Niemals!«

Bieber und ich nehmen also Aufstellung vor Kakadus Schreibtisch. Am Gesicht des Direktörs sehen wir, dass das hier anders wird als sonst. Diesmal ist es ernst.

Wirklich Weltmeisterschafts-Endspiel-Elfmeterschießen-mäßig ernst.

»Also, ihr zwei Spezialisten. Ich bin vielleicht nett, aber ich bin nicht blöd! Ich weiß, dass ihr euch seit Monaten so etwas wie einen Wettkampf an meiner Schule liefert. Ich bin mir zwar nicht so ganz sicher, worum es dabei geht, aber das will ich auch gar nicht wissen. Was ich aber weiß, ist Folgendes: Es ist auf der Stelle Schluss damit! Ich will keine Streiche, Coups, Chaos-Aktionen oder sonstigen Unsinn mehr an meiner Schule erleben! Haben wir uns verstanden, meine Herren?!«

»Vollcheck positiv glasklar verstanden!«, sage ich, wie aus der Pistole geschossen.

»Alles hundert Prozent roger«, sagt Justus Bieber.

Wir werfen uns einen verstohlenen Seitenblick zu und müssen beide grinsen.

»Ach, ihr

findet das auch noch lustig, oder was?«, fragt Kakadu streng.

Ich zucke mit den Schultern und sage: »Wo is Problem, Kakadu? Sollten Sie froh sein! Weil sind Sie jetzt voll Mister Dumbledore. Ist logisch voll Ehre, oder?«

»Logisch? Ehre? Dumbledore? Keine Ahnung, wovon du redest.«

Der Bieber erklärt: »Was Abdi sagen will, ist, dass es an der Albert-Einstein-Schule offenbar spukt – genau wie in Hogwarts. Also sind Sie logischerweise jetzt Mister Dumbledore, der Direktor einer Geister-Zauber-Schule. Ist doch ziemlich coooool!«

Für den Bruchteil einer Sekunde lächelt Kakadu. Aber dann: Krach! Bumm! Peng! Seine Hand klatscht so laut auf seinen Schreibtisch, dass es in Biebers und meinen Ohren klingelt. Mit Salzsäurestimme sagt Kakadu: »Ich will nichts hören von Hogwarts oder Dumbledore oder irgendwelchem anderen Unsinn! Ich sage es ein letztes Mal! Ab sofort ist Schluss mit lustig! Keine Streiche mehr! Keine frechen Antworten mehr! Keine wie

auch immer gearteten Regelverletzungen! Und ihr nennt mich auch nicht mehr Kakadu! HABT IHR MICH VERSTANDEN?«

»Voll positiv total hundert Prozent verstanden, Direktör Kakadu!«, sage ich.

Und Bieber: »Message ist bis auf den letzten Pixel rüberkommen, Kakadu!«

»RAUS!«

»Schon gut, gehen wir schon. Mussu nisch gleich rumschreien, Direktör!«

Wir stürmen aus dem Zimmer und bleiben mit angehaltenem Atem stehen. Durch die geschlossene Tür hören wir, wie Kakadu laut seufzt. Schätzungsweise gönnt er sich jetzt erst einmal ein Gläschen Eierlikör auf den Schrecken. Gluckgluck. Dann hören wir, wie er zu sich selbst sagt: »Ach, verdammt, wenn ich diese Jungs nicht so mögen würde, hätte ich sie längst von der Schule geworfen. Aber so ... immerhin wird es nie langweilig!«

Kurz darauf stehen der Bieber und ich auf dem Schulhof in der Ecke bei den Fahrradständern und sehen uns in die Augen.

Der Bieber sagt: »Sieht so aus, als meint es Kakadu wirklich ernst, was?!«

»Logisch klar, meint er völlig ernst.«

»Also keine Streiche mehr?«

Ich grinse wie ein Meerschweinchen beim Barbecue: »Was redsu Unsinnmist, Bieber? Battle ist noch nicht entschieden! Wie können wir also aufhören? Geht nicht, weil is unmöglich!«

Auch der Bieber grinst: »Stimmt schon, Abdi. Allerdings gäbe es da eine Möglichkeit, um die Sache ganz schnell zu beenden.«

»Ach, echt jetzt, oder was.«

»Klar. Du könntest dich mir einfach unterwerfen und mich als KING OF SCHOOL akzeptieren. Immerhin führe ich im Moment. Also? Was sagst du?«

Ich denke, mich tritt ein Brontosaurus! Dann muss ich erst einmal zehn Minuten lang schepperdeppermäßig lachen. Als ich mich schließlich beruhigt habe, sage ich mit gefährlich leiser Stimme: »Ich? Mich? Dir? Unterwerfen? Bist du voll betrunken, oder was, Bieber?«

»Nein. Ich will es dir nur leicht machen! Die Mehrheit steht jetzt schon hinter mir. Weil ich nun einmal der *Streichinator* bin. Darum solltest du aufgeben! Wäre besser für dich!«

Mein Grinsen wird noch fetter und ich sage: »Mehrheit steht hinter dir? Vielleicht bis gerade eben noch. Aber jetzt nicht mehr!«

»Und wieso nicht?«

»Drehsu dich um, weissu Bescheid!«

Biebers Augen werden zu schmalen Schlitzen. Offensichtlich ahnt er etwas. Tja,sah mein lieber BFE, warisch nicht faul in den letzten Tagen, oder was.

Dann dreht Bieber sich gaaaaanz laaaaangsam um, sodass er zurück zum Schulgebäudes schauen kann.

Und logisch natürlich klar – ihn trifft der Schlag! Warum? Weil das, was er da sieht, meine streichemäßige Meisterleistung ist! Mein original Superstreich!

Der Bieber? Steht da und schnappt fischmäßig nach Luft und rudert albatrosmäßig mit den Armen und macht gullimäßige Glucksblubbergeräusche.

ABDI KING FOR EVER
ABDI RULZ
ABDI WAS HERE
SCHOKIE FÜR ALLE!
LOVE YOU ~~GABI~~ ~~MAT~~ LUISA ~~FRIEDA~~
SCHOOL'S OUT
DOOF
ABDI

Fast tut er mir leid. Schließlich ist er mein BFE. Andererseits muss er mit so etwas rechnen. Schließlich ist unser Streiche-Battle noch lange nicht vorbei.

SCOREBOARD ABDI-JUSTUS-BATTLE:
TEAM ABDI: 500
TEAM JUSTUS: 500